그곳에 그리움이 있었다

시가 있는 산문집

그곳에 그리움이 있었다

허정분 지음

學而思 학이사

거친 돌밭을 가꾼 호미가
몽당이 되도록

몇 년을 잠자던 내 속내의 이야기들이 세상 밖으로 나왔다. 한생의 먹거리가 되어준 작은 텃밭에 호미를 든 시간이 망중한의 여유였다면 컴퓨터 자판을 두드리는 시간은 몰입의 기쁨을 선사하는 나만의 공간이었다.

산문에 얹힌 시는 스무 해를 오락가락하는 사이 펴낸 다섯 권의 시집에서 발췌했다. 마음에 기억과 애중으로 남아있는 시편이다. 내 몸에 닿은 지문이 시가 되었고 생각과 경험의 파편은 글이 되었다.

가계도에 얽힌 혈연이 시나브로 사라진다. 어디로 가는 걸까. 때론 눈물이고 기쁨이던 존재의 이유가 가족이었다고 위로하고 싶다. 내 부모님 시부모님 자식들 손주들은 삶의 원천이며 글의 배경이 되어주었다. 그 와중에 발생하는 숱한 파열음을 견디느라 고단했고 많이 아팠다. 그럼에도 산다는 건 거친 돌밭을 가꾼 호미가 몽당이 되도록 운명을 받아들인 일 중독성이라고 자위해 본다.

코로나로 두문불출의 문고리를 걸어 잠그던 시절 블로그에 올린 글들이 주 목록이다. 지난한 과거사와 가족사, 이웃, 소소한 생에 대한 참견이 대부분인 글이다. 봄이면 나물 뜯고 감자밭 매고 옥수수 따서 쪄 먹던 희열도 보탰다. 한마을 600년 문중 산하는 조상님의 청백리 영화榮華와 동행하는 아름다운 계보였다.

2019년 『아기별과 할미꽃』 시집에 이어 이번에도 『그곳에 그리움이 있었다』를 학이사에서 펴낸다. 부족한 글로 자기 연민에 갇힌 넋두리를 책으로 묶어주심에 신중현 대표님과 학이사에 진심으로 고마운 마음을 보낸다. 더불어 출간의 기회를 주신 한국예술인복지재단에도 깊은 감사를 드린다.

2024년 2월
허정분

■ 차례

1부 첫눈이 내렸다

2부 그 소년이 온다

3부 이름이 낯설다

4부 하룻밤 꿈에라도

1부

첫눈이 내렸다

천사의 나팔

무덥고 습한 삼복의 날씨가 연속이다. 봄날의 바쁜 나날이 여름에 들어서면 더위처럼 늘어지며 지루해진다. 사방이 푸른 것들로 넘쳐나는 세상을 날마다 마주하는 것도 지겨울 정도다. 그런 푹푹 찌는 날씨에 손님이라도 오면 '여름 손님은 호랑이보다 더 무섭다'라는 속담이 허구가 아니다.

맏이인 우리 집 특성상 일 년에 명절 제사까지 일곱 번을 지내야 했다. 이 마을은 시댁 조상님들이 이룬 집성촌이고 원주민들이 모두 같은 성씨로 이루어진 문중이다. 앞집도 옆집도 뒷집도 혈연관계다.

600여 년 전 영의정 벼슬을 하신 입향시조 구치관(1406~1470) 공이 마을에 부모님 묘소를 모시고, 사후死後에 청백리로 천거되신 후 사패지賜牌地로 나라에서 하사받은 곳이 이 마을이다. 그러니 한마을의 오랜 전통이 고스란히 내려와 연세 든 집안 어른들은 항렬에 따른 호칭으로 대접하는 관습이 있다. 큰조상님의 봄 한식시제와 가을 시제사까지 문중의 행사며 관심사다.

어느날 큰시누님이 오셔서 보리밥 한 양푼을 된장찌개와 열무김치로 준비했다. 옆집 형님들도 오시고 모처럼 보리밥을 별식으로 먹었다고 기분 좋게 헤어진 뒤였다. 큰시누님은 나를 올케가 아니라 친정붙이처럼 편안하다고 늘 말씀하신다. 결혼한 여성이 친정처럼 편안한 터전이 어디 있을까. 시누님은 손주들을 너무 위하셔서 오실 때마다 거금을 아이들 손에, 내 베개 밑에 숨겨두고 가셨다. 손님이 가시고 난 후의 시간은 내 세상이다. 밭일이든 가사 일이든 땀으로 목욕을 한 후의 찬물 샤워, 저절로 콧노래를 부르며 작은 화단을 살펴보았다.

　몇 해 전 이웃 마을로 이사 간 아주머니가 올봄에 화단에 심으라고 가져다주신 화초가 있었다. 남의 집 정원이나 화분에서 잘 키운 꽃송이를 보며 감탄한 적은 있었지만 무심히 이름도 모르는 꽃이었다. 가을에 가지를 잘라서 보관했다 봄에 심는 다년생 화초라고 한다. 봄여름을 컸는데 쑥 올라온 줄기가 나무막대같이 단단하다. 큰 키에 가지 끝마다 주렁주렁 나팔 꽃송이를 매달고 있더니 어느새 노란 꽃 입술을 활짝 열고 피어나 있었다. 아! 감탄사가 절로 터지는 수십 송이 노란 나팔이 팡팡 팡파르를 울리는 장관이었다.

　수줍게 피어나는 우리 토종 나팔꽃과는 상대가 안 되는 큰 꽃송이! 금관악기인 트럼펫을 연상시키는 꽃이다. 이름이 천사의 나팔이란 걸 그때 알았다. 지상을 향해 소리 없이 부는 나팔 소리에 수많은 개미 떼와 진딧물이 줄기를 타고 오르내리고 있었다. 천사의 나팔 꽃말은 덧없는 사랑이란다. 독성이 있어서일까. 벌나비가 외면하는 그 꽃 천사가 부는 나팔, 꽃과 이름과 꽃말이 묘하게 아이러니하다.

농약을 치는 일이 싫기도 하지만 식구들 먹는 농작물이라고 퇴비와 물로 키우는 텃밭에도 벌 떼와 노래기를 비롯한 벌레들이 득실거리는 땅이 우리 집이다. 그러나 진딧물만은 정말 싫어서 가끔씩 킬라로 퇴치하기도 했으나 천사의 나팔 잎사귀마다 잔뜩 달라붙어 생존하는 진딧물과 그 배설물을 먹는 개미, 꽃만 보기로 했다. 검색 중에 악마의 나팔이라는 문구도 보았다. 흰 독말풀의 이름을 그렇게 부르는데 천사의 나팔이 땅으로 향해 꽃송이를 피운다면 악마의 나팔꽃은 하늘을 향해 흰 꽃을 피운단다. 거기에 밤의 향기라니 꽃말조차 웃긴다.

식물이나 꽃은 자연의 순리에 의해 피고 지고를 거듭하며 종족 번식을 한다는 사실이 정설이다. 공연히 인간이 개입해 이름을 짓고 원산지를 옮기며 돈벌이에 급급해 그럴듯한 꽃말로 현혹한다. 생존의 왕인 인간을 향해 꽃들이 자연이 자꾸 시위를 한다. 우리 자연을 나무와 풀을 있는 그대로 가만히 내버려 달라고 아니 애원을 한다. 살려 달라고.

천사의 나팔

참 희한하게도 식물이 나팔을 부는 거야/ 대지로 진동하는 나팔 소리 주렁주렁 내걸면/ 쾅, 쾅, 폭죽처럼 터지는 향기

그 많던 이름난 꽃들이 지취를 감춘 마당/ 살비듬을 타고 오르내리는 개미 떼 진딧물과/ 오만 푸른 것들이 바람난 블루스를 추는/ 지상

의 낙원을 향해

날개를 숨긴 천사들 모두 꽃 대궁에 모여/ 노란 금관악기 한 음절 하늘과 내통하는/ 저 줄기에 매달린 천사들의 수명이 멈출 때까지/ 무정란의 체위에 난타하는 환청의 나팔 소리/ 그게 비밀 번호 몰라도 들리는 거야

가만, 이 적요한 슬픔을 어쩌지

- 시집 『울음소리가 희망이다』(2014)

청량산

"혼불들이 돌아오고 있다/ 어느 구천의 깊은 땅속에서…/ 못다한 뼈 위론 그렇게/ 신들이 오르고 있다… 은빛의 기포들처럼…"이라고 일갈하는 명시를 김승희 시인은 「봄」이란 제목으로 출산했다. 우리 마을도 산수유 꽃을 시작으로 매화 개나리 진달래가 수줍게 첫 망울들을 터트렸다. 이제 온 천지간을 아름답고 화려한 봄꽃이 장식할 시절이 오고 있는 것이다.

따뜻한 봄볕을 먼저 차지하려고 어디든 비집고 싹을 내미는 쑥과 냉이 꽃다지들이 앞다퉈 꽃을 피워 낸다. 날씨가 따뜻할수록 밭농사 채비에 농부가 직업이 된 내 마음은 바쁘다. 순풍에 돛 단 듯 며칠간 따뜻하던 봄 날씨는 간데없고 변절기 바람을 몰고 오는 날씨가 휘익, 휘익, 채찍질하듯 쌀쌀맞게 시샘을 한다. 변덕이 심한 날씨에도 제주에서 북상한 꽃바람은 어제 여의도에 첫벚꽃이 피었다는 뉴스 보도로 머잖아 온 산하가 꽃 대궐을 차릴 준비가 끝났음을 알린다.

텃밭 한 귀퉁이를 괭이로 파고 흙을 고른 다음 상추씨와 쑥갓씨를 뿌렸다. 진즉에 심은 대파씨는 바깥세상과 무관한지 날마다 들여다봐도 감감무소식인데 사위도 안 준다는 햇부추는 봄볕을 양분 삼아 손가락만큼씩 키를 세운다. 다시 밭에 흙살을 살찌워야 할 때다.

작년에 농사지은 부산물인 들깨 삭정이를 밭에 펴고 켜켜로 썩힌 퇴비도 펴느라 이틀이 걸렸다. '봄날 하루를 놀면 겨울에 열흘을 굶는다'는 속담도 있지만 가만히 들어앉아 있기에는 시간이 너무 아깝다. 일 중독자의 특성이다. 흙 내음이 좋아 호미로 나물 밭도 매고 실하게 올라오는 망초를 도려다 삶아 무치니 근사한 봄나물 반찬이다.

내가 가슴으로만 품었던 시詩라는 영역에 초심으로 펜을 잡을 때였다. 문득문득 떠오르는 시상을 틈틈이 노트에 적던 시절이었다. 거의 용두사미로 끝나는 시작詩作 노트가 열 권쯤 쌓였을 때는 불혹의 중반을 넘긴 나이였다. 혹시라도 같은 취미를 가진 분들이 만든 동호회라도 있을까 하여 단골로 책을 사는 시내 서점에서 물어보았다. 서점 쥔장은 우리 지역에는 글쟁이들의 모임이 전혀 없다고 했다. 1990년대 중반이었다.

그때 이웃 지역인 하남에서 문학회 창립을 한다는 소식을 지역 언론을 통해 알았다. 나는 「청량산」이라는 시 한 편을 써서 들고 용기를 내어 그곳을 찾아갔다. 열댓 분이 모여 시 합평을 하고 새로 회장을 추대하고 나름 의욕적인 출발을 다짐하고 있었다. 이웃 고을인 광주에서 왔다고 하니 다들 뜨겁게 반겨주던 기억이 새롭다. 들고 간 시 「청량산」을 낭송하자 등단도 못 한 처지였는데 시가 좋다고 했다. 늦은 나이에 새가슴으로 치른 시험처럼 첫 면접에 합격한 기분이었다. 회원가입은 당연한 수순이었다. 청량산은 경북 봉화에 있는 산이다. 산세가 수려하고 경관이 좋아 산악회에서 그곳으로 등산을 갔는데, 등산길에 쓴 시다.

청량산

그곳에 그리움이 있었다/ 연분홍 설렘에 몸을 푼 진달래가/ 감미로운 햇살에 연서를 띄우는/ 청량산 기슭엔/ 낮은 구릉 후미진 비알마다/ 고운 속살 드러낸/ 촌부의 나신으로 누워/ 씨 뿌려지길 갈망하는 밭이 있었다

저, 흙 내음/ 저, 꽃 내음

숲은 가지 끝 잠자는 미풍에도/ 피워 내야 할 잎의 통증으로/ 마른 살이 트는데/ 수줍은 산동백 노란 꽃망울이/ 구름에게 머물다 가라 한다/ 바람 보고 놀다 가라 한다

- 시집 『벌열미 사람들』(1998)

당시에는 각 지역마다 정치색을 띤 산악회가 우후죽순처럼 생기던 시대였다. 다달이 전국의 명산을 찾아 시내에서 십여 대의 버스로 회원들을 태우고 떠나기도 했다. 엄청난 숫자의 산악회는 남녀노소가 어울리는 공간이었다. 문화 공간이 턱없이 부족한 시대에 적은 회비만 내면 되는 산행문화가 다소의 스트레스를 푸는 방법이었다.

오고 가는 버스 안에서 술잔이 돌고, 노래가 터지고, 누군가는 '막춤'이라도 흔들라 치면 그때부터 산행이 아니라 놀이판 버스로 둔갑하던 관광버스들이다. 배춧잎 몇 장을 거둬 기사를 주면 더 신나는 테이프를 틀어주고 버스를 탄 사람들이 너도나도 엉덩이를 들썩이던 관광버스 무대였다. 이제는 사라졌지만 당시 산악회 가는 날은 농촌 아낙들이 손꼽아 기다리는 날이며 가장 신바람나는 놀이문화의 한 단면이기도 했다.

산악회에서 찾아간 봉화군의 청량산, 가지마다 핀 연분홍 진달래꽃이 반겨 주었다. 또 생강나무가 가지마다 마른 살갗에 노란 꽃을 수줍게 피워 올렸다. 봉화산 능선을 오르는 비탈마다 소달구지가 곱게 갈아놓았던 붉은 밭들도 보았다. 어린 시절 떠나온 고향의 정경을 고스란히 간직한 산마을이다. 애틋한 회한과 추억이 넘나드는 그 아름다운 산비탈 밭의 붉은 속살, 여인의 속살 같았다. 씨뿌려지길 기다리는 저 붉은 밭에는 무슨 씨앗이 뿌려질까. 그 처연한 봄날의 진달래꽃은 지금도 그곳에 곱게 피어날까, 영영 멀어진 그 시절이 아련한 꿈속 같다.

그리고 어쩌다 이 시가 계간《열린 문학》이라는 잡지를 통해 등단 작품이 되고 말았다. 아무 상식도 지식도 없이 뛰어든 문학 판의 세계, 나의 한계를 모르던 숫배기 아낙이 나였다. 얼치기로 견뎌온 세월이 시인이란 명사를 붙여주긴 했지만 나는 아무래도 흙과 노는 농부 아낙 혹은 할미라는 호칭이 그중 편하다.

첫눈이 내렸다

다사다난했던 한 해의 허물을 덮듯 눈이 내린다. 소설 대설 다 지난 음력 섣달 중반에 미리 예보했던 첫눈이 소담스럽게 내린다. 한겨울의 중심이건만 여태껏 따듯했던 날씨가 첫눈을 정점으로 영하의 날씨로 곤두박질칠 기세라고 한다. 예전 같으면 김장해 놨겠다, 먹거리 풍족하겠다, 폭설이 내려도 아무 걱정도 없으련만 왜 이리 불안하고 조바심이 나는지 시절 탓 계절 탓으로 안절부절이다. 내가 걱정한다고 조바심친다고 해결될 일이라면 좋겠다.

코로나가 지배하는 소식에 뉴스 보기가 겁나던 시대다. 먼 미래는 접어두고 현실에서 하늘이, 자연이 인간에게 내리는 가장 힘든 역병의 창궐이다. 옛날 같으면 이런 역병이 돌면 살아남는 사람들이 천운을 타고났다고 해야 할 정도로 코로나는 지금 전국을, 아니 전 세계를 안방처럼 침투했다.

코로나가 무서워 두문불출인 할미와 달리 초등생인 위층의 손자 놈은 제 친구와 앞마당에서 눈싸움에 눈사람 만들기까지, 모처럼 내리는 눈과 즐긴다. 제법 적설량도 많아서 마당과 텃밭 곳곳이

놀이터가 된 셈이다.

먹거리 천국에서 이제는 떡도 밥도 시들한 하루가 간다. 걱정과 생각이 많아진 나이지만 흰 순백의 눈송이들은 나도 모르게 애틋한 그리움을 부른다. 몸은 늙어도 마음은 청춘인 '나이야가라' 세대, 가슴의 낭만이 어린 시절의 그리움을 찾아간다. 하늘하늘 보드라운 눈송이가 꽃잎 같고 떡가루 같다. 켜켜이 쌓인 떡가루라면 좋겠다고 생각했던 시절이 있다. 펄펄 흩날리는 흰 눈발, 한낮의 하늘이 무진장이라는 눈발을 끝도 없이 투하하는 흰 세상 같다.

스크럼 짜듯 흰 복병이 삽시간에 온 사방을 점령한 순백의 투항, 삽시간에 폭설이다. 멀리 보이는 산이 사라지고 거실 창으로 내다보이는 도로 위의 차량들이 거북이걸음으로 느릿느릿 기어가는 모습이 패잔병처럼 느껴진다. 그럼에도 왜 흰 눈은 아픈 상처에 눈물이거나 한숨이 되는 걸까. 순백의 흰 시야가 다 그리움의 상흔이다.

첫눈을 추억으로 기억하는 많은 사람들에게는 오늘 같은 날이 집콕 방콕을 하기에는 아까운 날이다. 그러나 아름다운 추억이 아니라 쓰라린 기억을 불러내는 나의 청소년기 폭설은 반세기를 넘긴 오늘까지 생생하다.

눈발

멀리 보이는 산이 사라졌다

하늘과 지상의 경계가 모호한 한낮/ 사방팔방 흩날리는 필경 외로운 자들의/ 눈물이거나 한숨이었을 것들이 모여/ 희디흰 스크럼을 짠다

저 무진장의 복병을 거느린/ 불투명한 시계視界 속으로/ 통증 없이 발 디딜 자 누구인가/ 차디찬 허공중에 투신한/ 순결한 저 언약은 최루성 강한 시한폭탄이다

펑펑 날리는 파편에 온몸을 던진 새 떼/ 전투병처럼 외줄의 보초를 서는데

한 발자국도 내딛지 못한 늙은 노병의/ 상심이 깊어가는 마을 어귀/ 끝없이 이어진 차량들이/ 패잔병처럼 느릿느릿 끌려간다

- 시집 『울음소리가 희망이다』(2014)

아버지가 돌아가시고 폭설이 내리던 날 가난의 연좌죄로 어머니가 동생과 나를 데리고 피신한 곳은 산골 어느 농가의 사랑채였다. 어머니는 화전 밭에서 가을에 거둬들인 호박이나 고구마, 밀가루로 끼니를 이으셨다.

이십여 리쯤 가야 읍내가 나오는 첩첩산중의 겨울날, 초등학교를 갓 졸업한 막냇동생과 내가 무슨 할 일이 있었을까. 먼 바닷가로 떠난 오빠네 가족, 한 가정이 해체되어 각자도생의 험로를 개척해야 하는 기로에 서서 나도 어머니도 폭설이 잔설로 바뀌는 날을 기다려야 했다.

폭설로 읍내로 나가는 길이 끊긴 산촌에서 내가 하는 일이라고는 뒷산에 올라가 썩은 나무뿌리를 도끼로 툭툭 쳐 땔감으로 주워 오는 일이 전부였다. 쌓인 눈 위에 다시 폭설을 퍼붓는 강원도의 겨울은 혹독하다. 온 천지가 초가지붕을 덮도록 새하얀 눈으로 쌓

이고 밤새도록 그 눈의 무게에 못 이겨 소나무가 생살을 찢는 울음 소리, 비명 소리와 더불어 서럽고 억울하고 그래도 살아내야 한다는 소년기의 객기가 저 멀리서 손짓하던 시절이었다.

저렇게 내리는 눈발이 이 나이에는 낭만이 아니라 생활 속의 불편이라고 머리 큰 자식들은 걱정부터 해댄다. 그렇다. 눈길 운전이 내가 아니라 모두가 두려운 현실이다. 어디선가 사고가 났는지 사이렌 소리가 평온을 깨트리듯 경쟁한다. 내 걱정도 함께 동반한다. 모두 무사하길⋯.

그 맨주먹으로도 호기롭던 푸름은 다 어디로 사라진 걸까. 눈물의 빵이 아니라 쉰 감자의 기억이 소환하는 가난을 다 잊어버린 지금, 허공에서 결빙한 눈꽃들이 스르르 눈물로 스며드는 순리처럼 나도 자꾸 욕심을 내려놓아야 편한, 아날로그 시대의 낭만이 아닐까.

개똥수박이라고 불렀다

텃밭 농사를 짓기 시작하면서 소일거리가 많아졌다. 말이 소일거리지, 자식들 말처럼 취미로 짓는다는 농사로 과로사 하려냐는 질책까지 받는다. 수많은 농사일의 비일비재, 숨 돌릴 겨를도 없다. 손발의 혹사는 물론이고 허리며 무릎까지 다 쑤시고 아프다. 그래도 망중한의 마침표처럼 몰입의 순간이 가장 즐거운 일도 밭고랑에서 호미 쥐는 일이다.

얼음발이 풀리고 봄을 알리는 나른한 대지의 기운, 아른아른 숨을 내쉬기 시작하는 아지랑이가 피는 텃밭의 두엄더미다. 봄볕에 가장 먼저 싹을 밀어 올리는 상사화 잎새가 손가락 마디쯤 자라면 그때부터 온갖 봄나물들이 지상으로 몸을 푸는 것이다. 냉이 명이 나물 쑥 고들빼기가 먼저 호명되고 묵은 잎새를 떨쳐내지 못한 여러 종류의 망초나물이 밥상에 오를 때면 푸석푸석한 밭 살에 호미를 대도 좋을 시기다.

집을 짓고 이사 온 후 마당 한편에 화단과 나물 밭을 따로 만들었다. 올해로 집의 나이가 삼십 년이 된다. 늙어가는 집에 비례해 뒤란에 거처를 마련한 나이테가 청년기에 접어든 엄나무의 기세는 하늘을 찌를 듯 장엄하다.

아직도 생존의 법칙에서 자유롭지 못하지만 온몸으로 매달리던 생업을 그만둔 후 집 안 마당과 텃밭에 나물 밭 만드는 일에 심혈을 기울였다. 강원도에서 살 때 어머니를 따라 동네 언니들을 따라 깊은 산중에서 뜯어오던 나물의 향수가 못내 그리웠던 터였다. 지금처럼 봄철 입산금지가 시행되기 전에 맘껏 멀리 강원도까지 원정 가서 뿌리째 얻어 온 다년생 나물들이 새봄이면 새순을 내밀며 별미 먹거리가 되어 준다. 그 먹거리를 다듬고 버린 곳이 텃밭 귀퉁이 두엄 더미다.

초여름 두엄 더미에서 수박 싹이 삐죽 올라왔다. 먹고 버린 씨앗에서 발아한 새싹이다. 하루가 다르게 거름 더미서 자라는 수박, 딱히 뽑아버릴 자리도 아니었기에 내버려 두었다. 문득 무심히 바라본 그 수박 넝쿨에 어른 주먹만 한 수박이 두어 개 매달려 있었다. 영락없이 푸른 줄무늬를 바코드로 찍은, 버린 씨앗에서 태어난 서자였다. 개똥참외는 길러보고 먹어봤어도 개똥수박이라니 신기했다.

개똥수박

어린 날 밭 언저리 똥에서 나온/ 개똥참외를 먹어 본 적 있다/ 엄지손가락만 한 푸른 참외가 커 가는 동안/ 눈도장 찍어놓고 노랗게 부풀기를 기다리는 하세월/ 어스름 저녁노을은 깊을 대로 깊어져/ 오늘은 집 앞 텃밭에서 개똥수박 한 포기/ 두엄 더미로 겁 없이 기어오른다/

넝쿨에 매달린 주먹만 한 푸른 줄무늬/ 영락없이 씨 도둑질 못 한 첩실의 서자/ 주류에서 이탈한 서슬 푸른 반항으로/ 바람을 가르며 불볕에 익어간다

- 시집 『 울음소리가 희망이다 』(2014)

문득 어린 시절의 기억에 가슴앓이를 했다. 배고픈 시절이었다. 부모님이 일구던 화전 밭이었다. 마을을 지나 한 마장 거리의 깊은 산중, 겨우내 내린 눈이 녹고 진달래꽃이 필 무렵 부모님은 민둥산이나 다름없는 산의 초입에 괭이로 구덩이를 파셨다. 그 자리가 참외 모종을 심을 자리였다.

마른 풀을 베어 불을 놓고 경사가 진 밭고랑에 발아시킨 참외 씨앗을 심었다. 참외는 새싹부터 손이 많이 가는 작물이었다. 한 뼘씩 뻗어나간 순을 잘라주면 거기서 새로 덩굴을 뻗고 꽃을 피운다. 노랗게 익은 참외를 리어카에 싣고 읍내 상점에 넘겨주는 참외 농사 덕분에 봄과 여름이 다 지나갔다.

하교한 고픈 배를 채워주던 못생긴 참외, 배꼽참외 개구리참외 말고도 우리가 먹다가 밭 언저리에 버린 씨앗에서도, 똥에서도 싹이 나오고 참외가 열렸다. 그걸 개똥참외라고 불렀다. 노랗게 익어가는 조그만 참외를 '내 것' 이라는 눈도장 찍어 놓고 누구 것이 먼저 익나 기다리던 시절이었다.

이 「개똥수박」 시를 어느 해 너른고을문학 연례행사인 천렵 행사에서 동료 문우가 낭송했다. 해마다 야외에서 '판' 을 벌이는 천렵놀이는 너른고을문학만의 독특한 문화다. 때에 따라 평소에 뵐

수 없는 문학계의 대선배님들을 모시는 자리가 되기도 했다.

신경림, 구중서, 정희성, 박시교, 강민, 도종환, 민영, 이시영, 오봉옥, 황명걸, 이경철 선생님 등 이루 거론할 수 없을 정도로 많은 선배 선생님들이 다녀가셨다. 그 중심에는 너른고을 광주가 고향이신 구중서 선생님이 계신다. 고향 후배 문인들의 기를 세워 주시려는 발걸음으로 한국 문단에서도 유명한 선생님들을 꼼짝없이 끌고 오시던 분이셨다.

당시 이시영 선생님이 오셨던 천렵 장소에서다. 연이은 회원들의 시낭송에 모두 귀 기울이던 때 문우가 이 시를 낭송했다. 이시영 선생님이 시낭송 후에 "햐, 낭송보다 시가 더 좋구나!" 하신 한마디가 낭송 문우를 무색하게 했던 기억이 난다. 「개똥수박」이 낭송 시인을 무색하게 한 서슬 푸른 서자 역할을 했으니 주객이 전도된 느낌이랄까. 삼복염천이 피워낸 푸른 줄무늬, 씨 도둑질 못 한 수박 넝쿨은 한 편의 시를 남기고 호된 서릿발에 운명을 다했으니, 때가 되면 떠날 줄 아는 게, 식물이든 인간이든 자연의 순리에 따르는 게 운명이다.

시래기를 삶으며

시래기죽

아버지가 병석에 누운 우리 집이/ 생나무 우족으로 불을 땝니다/ 흰
눈발 날리고 양식 떨어지고/ 땔감 떨어진 부엌에서 어머니가 때는/
청솔가지 타다닥, 타다닥, 매운 연기에/ 끼니 때마다 어머니가 웁니다
/ 아궁이 가득 맴돌던 흰 연기/ 수증기처럼 시렁에 얹히지만/ 검은 노
구솥 펄펄 끓는 시래기죽/ 한 그릇씩 먹고 나면/ 맹꽁이처럼 부르던
배/ 그 꿀맛 같은 식곤증에 빠져/ 우리 삼 남매 낡은 이불을 덮고 누웠
습니다

- 시집 『우리 집 마당은 누가 주인일까』(2005)

어느 해인가 세종문화회관에 위대한 시인 선배님들의 시와 함
께 시화로 걸렸던 시라서 특별히 애착이 가는, 어머니 생각에 뭉클
한 「시래기죽」이다. 시래기와의 인연, 아득하게 오래된 이야기지
만 현재도 진행 중인 아리아리 쓰리쓰리한 맛의 근원을 풀어본다.
'사돈과 뒷간은 멀수록 좋다' 라는 옛말이 있지만 전혀 상상도

못 했던 언니네 가족이 사돈 마을로 생활의 거처를 옮겨왔을 때 철 없는 동생인 나는 시부모님께도, 한 발 문밖이 종친인 마을분들께 도 자존심이 상했고 부끄러웠다. 가뜩이나 가난한 친정으로 맘고 생이 심했던 시집살이였다. 그런 와중에 병이 깊은 형부와 함께 내 가 사는 마을로 온 언니는 일제강점기 교육에서 한글 말살의 시기 에 '왜놈' 글 배우기 싫다고 학교 문턱에도 안 가본 문맹이셨다.

양계장 일부터 리어카 행상, 식당일 등 오로지 온몸을 부려 먹고 사는 형편이 언니네 가정이었다. 갑자기 형부가 아프다는 연락이 오고 병문안 갔던 남편이 대책도 없이 내 곁으로 모시고 온 것이 다. 일생이 한과 눈물이셨지만 강한 들풀 같은, 지지리도 인생에 복이 없던 열다섯 살 연상의 언니셨다.

마을에 셋방을 얻은 언니는 시간만 있으면 우리 집으로 와서 아 이들을 씻기고 설거지를 해주고 생업인 가게일에 바쁜 나를 도와 주셨다. "언니 내버려 둬요. 시어머니가 싫어해요, 어제도 언니가 빨아 온 빨래 다 다시 하시더라고…" 개울가에서 빨래를 하던 시 대, 이웃들이 시어머니의 빨래에서 '옥빛'이 난다고 소문난 터에 언니가 빨아 온 아이들의 옷이 어머니 마음에 들 리 없었다. 언니 가 빨아 온 옷가지를 다시 빨래하시는 분이 시어머니셨다. 그런 동 생의 노골적인 불만과 투정에도 불구하고 맏이인 언니의 마음은 바다보다 더 넓었다.

사돈 마을 모든 분께 공대하는 마음과 작은 먹거리라도 이웃과 나누는 정이 언니의 타고난 천심이었다. 하늘이 도왔는지 그렇게 아프던 형부가 병을 떨치고 다시 재기의 삶을 시작한 것도 어쩌면 도시의 삭막함이 아닌 우리 자매를 위해주시던 종친들의 배려와 산수 좋은 공기 덕분이었을까. 형부는 제법 큰 공장의 경비직으로 근무하게 되었다.

언니도 함께 그 공장의 식당에서 근로자들의 밥을 해주고 틈틈이 공장 빈터에 농사를 짓기 시작했다. 옛날 강원도 고향에서 짓던 농사에 대한 향수가 언니를 자극했고 공장분들과 나눠 먹는 새로운 일거리를 만든 언니였다. 내 몸으로 부딪치던 돈벌이에서 퇴출된 나를 가끔씩 밭일에 부르는 날도 있었다. 나는 품삯보다 더 많은 콩이나 깨 등을 얻어오면서 힘든 만큼의 대가를 주는 농사를 꼭 지어보고 싶었다.

농촌에 살면서도 지천명이 넘어 시작한 밭농사, 그토록 갈망하던 농사였으나 초보자였다. 늦게 배운 농사일에서 단연 내 편이 되어 이런저런 조언과 도움으로 심고 갈무리할 때를 제대로 알려주신 분은 피붙이인 친정 언니였다. 가까운 거리에 사시는 늙은 언니는 늘 흙과 일심동체가 된 듯 옷도 몸도 방 안도 흙투성이었고 그만큼 농사에 대한 애정이 깊은 분이셨다.

언니는 형부가 암으로 돌아가시고 공장을 그만둔 이후에는 아예 농가를 사서 텃밭과 묵밭에 본격적인 농사를 지었다. 먹고 남는 농산물이 마을 아낙들의 손에 들려 나눠갔다. 허름한 언니네 집은 늘 쭈그렁 할머니들이 들끓는 요새 같았다. 십 원짜리 민화투를 치고 감자를 쪄 먹고 시래기나물밥을 퍼 나르는 일도 언니 몫이었다.

그런 인정 많은 언니가 2020년 초에 돌아가셨다. 졸지에 나는 언니를 잃었고 할머니들은 친구를 하늘로 보내서 갈 곳이 없다고 안타까워했다. 코로나가 중국에서 판치던 1월이었다. 83세를 일기로 작고하신 언니는 모든 면에서 내게 큰 백그라운드였는데, 이제는 그리운 어린 시절 이야기도 신세타령도 나눌 수 없는 먼 곳으로 가셨다. 부디 그곳에서는 행복하시라는 묵념보다 먼저 떠오르는 언니의 지난한 일생이 구구절절 한 편의 소설이다.

어려서 지겹게 가난을 끓이던 '시래기죽'이라도 먹는 날은 입에 풀칠한 날이었다. 아버지가 눈밭을 헤치고 리어카 가득 해온 나무가 팔려 보리쌀이라도 한 말 들고 오시는 날이면 죽이 아닌 보리밥에 아우성치던 시절이 지나갔다.

손자녀를 키워보니 알겠다. '마른 논에 물 들어가는 것과 자식 입에 밥 들어가는 모습'이 가장 흐뭇하다는 사실을…. 눈물 젖은 밥을 먹어 본 자만이 식량의 소중함을 안다. 할미가 해 주는 밥을 배가 고프지 않아서 안 먹겠다고 버티는 어린것들이다. 어떡하든 먹이려고 꼬서서 입에 들어가는 숟가락만 바라봐도 흡족해진다. 넘치는 먹을거리에 하마 배처럼 불룩한 체중이건만 굶주렸던 어린 시절 기억에 늘 밥도 국도 반찬도 넘치게 해야 내 맘이 편안하다.

시래기를 삶으며

소루쟁이 개별꽃 민들레 애기똥풀 방가지똥이며/ 들풀 한 포기씩 품에 키워/ 눈빛에 따스한 젖이 도는/ 가난한 글벗들이 어깨를 맞댄/ 허름한 글방에 갖다주려고/ 해 묵은 시래기 두어 타래 삶는다/ 겨우내 마른 몸에서 뭉그러지는/ 아득한 옛 양식糧食의 기억들이 온 집안을 채운다

서서히 누렇게 말라가는/ 티끌처럼 가벼워지는 과정에서도/ 오래된 고택古宅의 흙담 같은/ 쇠궁에 퍼다 놓은 여물내 같은/ 향기도 아닌 악취도 아닌/ 시래기가 쓰레기로 발음되는/ 이 불분명한 시대에/ 아리아리 쓰리쓰리한 몸 냄새를/ 저장하려 애쓴 시래기의 바코드가 눈물겹다/

나도 거저 얻어온/ 쓰레기에 불과한 묵나물로/ 헤픈 생색이나 내는/ 혹은 언어의 치장으로 글밭이나 뭉개는/ 개코, 그 사육자가 아닐까
- 시집『우리 집 마당은 누가 주인일까』(2005)

시래기 맛을 모르는 내 자식들은 시래기 삶는 냄새가 싫다며 무조건 먹지 않겠다고 한다. 육식과 패스트푸드 음식을 선호하는 젊은 세대에게 시래기는 쓰레기에 불과한 구시대의 맛없는 먹거리로 평가절하다. 시절이 건강에 초점을 맞추는 요즘 갈수록 시래기가 웰빙 먹거리로 선택받는 세상이 됐다. 나도 들기름 넣고 볶은 시래기나물과 시래기된장국을 좋아해 김장철에 무청 시래기를 몇 타래씩 겨울 국거리로 말린다. 식구가 먹고도 남는 양이다.

오래전 그 시절 한창 문학의 치기에 빠져든 중년의 아낙은 삶은 시래기를 봉지봉지 담아서 문학회 문우들에게 나눠주는 선심을 쓰곤 했다. 결단코 글밭을 뭉개는 쓰레기 글의 사육자가 되지 말자고 다짐했지만 수많은 시인들이 양산하는 시詩가 쓰레기 취급을 받는 불분명한 시대다. 시인이란 이름에 명사를 앞세우려고 세간에 널린 문학지와 야합하기도 한다는데 나도 일조를 했는지 가끔씩 돌아보면서….

내 노래 오페라 곡

2014년 남한산성 내의 '행궁복원기념'으로 광주문화원에서 광주시민 노랫말을 공모하는 사업이 있었다. 공모에 당선된 노랫말 3편이 가곡으로 작곡되어 불린다고 했다. 새로 복원한 행궁 무대에서 오페라 가수들이 부른단다. 그때 남한산성은 새롭게 행궁을 복원하고 광주 하남 성남 3개 도시가 협의해 세계문화유산으로 등재하기 위해 바빴다.

밑져야 본전이라는 생각으로 응모한 노랫말에서 내가 쓴 가사 '남한산성 그 길'이 다른 분의 작품과 함께 본선에 뽑혔다고 한다. 성함도 모르는 작곡가가 곡을 붙이고 행궁 복원을 기념하는 행사 날 남녀 성악가 두 분이 1, 2절을 부른다고 참석하라는 연락이 왔다. 오색 등불이 휘황하게 아름다운 고즈넉한 고궁, 수많은 관광객과 시민들이 지켜보는 무대에 오케스트라 연주단이 올랐다. 이어 TV에서나 보던 오페라 가수들이 아름다운 드레스를 입고 마이크 앞에 섰다.

남한산성은 광주문화원에서 펴낸 『너른고을 옛이야기』 설화집

자료와 고증을 위해 몇 번 찾았던 곳이다. 산성 자체가 성곽으로 둘러싸여 있어 아름답기도 하지만 역사적으로 조선조 최대로 무능했다는 비운의 인조 임금이 병자호란 당시에 49일간 기거했다는 행궁이 그날은 역사의 비극이 아닌 지역사의 축복을 위한 등불로 빛나던 날이었다.

모든 역사적 고난은 전설이 되고 관광객의 발길을 부른다. 예전에 광주군 소유였던 남한산성도 광주 하남 성남이 공동소유권을 앞세우며 각종 행사를 한다. 그 도시에서 이름을 내걸고 얼굴도장을 찍고 싶어 온 수백 명의 지역 유명 인사들, 그들에게 지금 불리는 저 노래의 구절이 귀에 들릴까. 숨소리조차 죽인 고요하기 짝이 없는 밤하늘에 퍼지니 천상의 노래 같았다.

유명한 오페라 가수들이 친근한 몇 곡의 가곡을 선사하고 드디어 내가 쓴 가사에 곡을 붙여 노래를 부르는 순간이 왔다. 미성으로 울려 퍼지는 노래를 들으며 울컥 눈물이 솟는 묘한 감성의 파장이 가슴을 훑는 감동이었다. 감미로운 환상의 선율에 절로 눈물이 흐르고 그 감동은 고스란히 전율이었다. 노래가 일반 대중가요도 아니고 고음과 미성이 교차하는 순간마다 속으로 삼킨 탄성, 악보 한 줄 읽을 줄 모르지만 작사가인 내 이름이 호명되고 남녀 성악가수들이 아름다운 선율로 부르는 노래, 이 환희를 위해 시를 썼던가.

스스로 노래에 도취되어 함께 당선된 동료와 덕담을 나누고 파장 끝에 문우들과 술자리까지 갔던 기억이 새롭다. 그때 휴대전화에 녹음해 온 그 노래가 광주시 어디서고 불렸다는 소식을 들어본

적이 없다. 명색만 내 고장 노래였던 셈이다.

　그 언제였던가, 스무 살 무렵 동갑내기 외사촌과 함께 광지원에서 오르던 남한산성 길, 굽이굽이 도는 고갯길과 맑은 냇물. 우리 자매가 걸으며 당시에도 암담했던 현실을 무지갯빛 앞날로 꿈꾸었던 길이다. 가도 가도 멀었던 수어장대까지 오르는 길에서 가끔씩 먼지를 풀풀 날리는 자가용 드라이브족들을 부러워하던 시절도 속절없이 흘러가고 무지갯빛 찬란한 꿈은 황혼이라는 저물녘의 빛깔만 걸린 나이가 되었다. 무심한 세월이 추억도 낭만도 다 지우고 이 한 편의 노랫말 구절만 탄식처럼 남겨놓았다.

　　남한산성 그 길

　　1. 언제였던가 아~아~ 무심히 흘러간 세월이여,
　　　　배꽃 같던 그녀와 걷던 남한산성 그 숲길
　　　　언제였던가 아~아~ 에돌아 떠나간 사랑이여,
　　　　흐르는 계곡물에 종이학 띄우던 그 냇가
　　　　덧없이 야속한 그 시절이 그리워라, 그리워라

　　2. 꿈이었던가 아~아~ 헤어지지 말자던 그날이여,
　　　　님은 가고 추억만 되짚는 남한산성 그 숲길
　　　　꿈이었던가 아~아~ 철없이 사랑한 그 님이여,
　　　　꽃반지 끼워주며 설레던 푸르른 날 그 순정
　　　　실없는 첫사랑 그 시절이 그리워라, 그리워라

뱀, 그리고 천적

봄비 한 번에 싹 틔우고 봄비 한 번에 꽃 핀다는 말이 실감 나는 온화한 봄날이다. 기상 관측 백 년 동안에 이렇게 일찍 꽃이 핀 해가 처음이라고 한다. 시절이 자주 순리를 거스르는 현실은 결코 반갑잖은, 전 세계가 우려하는 온난화의 징조일 터. 마을 길도 지난 주말 봄비가 결정적 생명수였다는 듯 앞다퉈 피어나는 봄꽃들의 세례에 눈과 마음이 꽃 호사다. 앞산 연둣빛 물감이 든 나무들의 새순이 아름답기 그지없다.

멀리 꽃구경은 못 가도 우리 집 뒤란과 작은 텃밭에 나부죽이 엎드린 제비꽃 민들레 양지꽃을 비롯해 온갖 나물이 불러내는 발길, 예전 같으면 문중 산인 앞산으로 나물을 뜯으러 가고도 남을 체력이었지만 걷는 것도 불편한 요즘 손에 든 호미가 벗이다.

이 집을 짓고 텃밭에 심기 시작한 나물이 해마다 종자를 퍼트린다. 더러는 죽고, 이웃에 분양해 주고, 올해는 씨앗을 시청에까지 가져다주었다. 물안개 공원의 허브 길 옆 노지에 나물 부지를 만들면 얼마나 좋을까 하는 생각에서였다. 우리 집 앞뒤로 심은 고추나무와 고광나무 순이 한창 뜯기 좋게 자랐다. 어느 놀이가 이보다 더 재미있을까. 나물을 뜯고 눈 맞춤하고 자라는 걸 보는 재미가 대갓집 꽃 정원 부럽잖다. 어려서 고향인 강원도에서 묵나물로 먹던 다래 넝쿨이 타래타래 싹을 밀어올리고 성미 급한 고추나무는 올망졸망 꽃망울 먼저 매달았다.

오래전이다. 쉬는 날도 없이 종종걸음으로 생계를 잇던 작은 가게를 그만두고 그해 봄에 가장 먼저 달려간 곳도 야트막한 산비탈 골짜기였다. 지인이 소유한 농지 부근이었는데 나는 골짜기를 오르며 그동안 누리지 못했던 나물 뜯기의 즐거움에 들떠있었다. 나물을 뜯으며 환호작약하는 희열은 덤이다. 부지런히 여리고 싱싱한 새싹에 손이 갔다. 그때 뭔가 '스르륵' 곁을 스쳐가는 느낌, 일 미터가 넘는 푸른 뱀이었다.

"악!" 외마디 비명으로 놈과 조우한 충격은 고요한 숲을 뒤집어 놓기 충분했고 뱀도 나도 서로 심장이 터지도록 놀라기는 마찬가지다. 몇 미터쯤 달아나다가 멈춰 서서 나를 물끄러미 바라보던 모습은 지금도 잊히지 않는다.

뱀

오월이 시작된 첫날/ 짙푸른 변신을 시도한 산속에서/ 뱀을 보았다/ 순간 오싹한 전율에/ 외마디 비명을 질러댔지만/ 나보다 더 놀란 놈이/ 몇 미터 정도 달아나다 말고/ 세모꼴 대가리를 치켜든 채/ 나의 일거수일투족을 지켜보고 있다 어쩌다 노란 산 토끼똥만/ 몇 개씩 눈에 띄는/ 바람 한 점 없는 적요한 숲속에서/ 모처럼 만난 동물인 내가 반가운 걸까/ 다래순 삽춰싹 미역취 등의 이름을 붙인/ 무수한 새싹들의/ 생명을 유린하는 내 모습을/ 놈은 물끄러미 바라만 보는 것이었다

- 시집 『벌열미 사람들』(1998)

뱀을 수호신처럼 위하는 나라의 국민이나 동물애호가가 아닌 다음에는 누구나 혐오하고 싫어하는 동물이 아닐까, 나도 그렇다. 특히 독을 지닌 뱀 종류는 절대 가까이 가지 말아야 한다. 예전에는 바위가 많은 산 주변마다 뱀 그물을 쳐 놓은 모습이 종종 보였는데 뱀이나 개구리 잡는 것을 금지하는 보호법이 시행되면서 정말 뱀이 많이 늘어났다. 그 예로 먹잇감이 없는 우리 집 텃밭에서도 눈에 띄기도 한다. 밭을 갈고 고랑을 켠 두럭에 비닐을 씌웠을 때였다. 검은 비닐 속에서 무언가 움찔거려 이상해서 비닐을 벗기자 불쑥 튀어나온 뱀 때문에 기절초풍한 해프닝도 있었다.

우리 집 텃밭에는 부추 밭도 있다. 어느 해 그 부추 밭에 주인이 새로 생겼다. 농약을 치지 않는 밭에는 별별 곤충이 많았고 먹이사슬이 마음에 들어 아예 제 터를 삼았는지는 모른다. 매번 만나면 나도 놀라고 놈도 놀라던 북방산 개구리 한 마리였다. 아기 주먹만 한 놈은 그 터가 아주 맘에 들었는지 가끔 '가글 가글' 하는 울음소리도 들려주었다.

날마다 부추 밭에 가면 놈이 잘 있는지 살펴보는 재미까지 생겼고 나도 놈에게 정이 들어 파리 사냥도 해주고 지렁이를 캐다가 놓아주기도 했다. 그런데 어느 날 깜짝 놀랄 일이 터졌다. 부추 밭에

서 들리는 다급한 절체절명의 비명소리였다. "캭, 캭, 캭, 캭" 숨넘어가는 소리에 뛰어나간 내 눈에 보이는 무시무시한 광경 한 폭! 세상에나, 큰 뱀이었다. 종류는 그때나 지금이나 잘 모른다. 푸른색이 섞인 2미터도 넘는 뱀이었다. 개구리 뒷다리를 후린 뱀, 개구리가 사방팔방 마지막 안간힘으로 구조 신호를 보내는 울음소리였다. 내 힘으론 구조가 불가능한 두려움과 안타까움에 "뱀이야!" 소리로 뱀의 목울대를 넘어가는 개구리의 마지막을 보고 말았다.

그때 우리 밭과 붙은 옆집의 농부가 밭일을 하다 내 비명 소리를 듣고 오셨다. 개구리를 포식한 뱀의 행운도 잠깐이었다. 목을 누르고 손가락 올가미에 걸린 뱀이 농부와 함께 유유히 사라졌다. 잊히지 않는 광경이 또 한 편의 시로 터졌다.

천적

밭이랄 것도 없는/ 머루 넝쿨도 심어놓고 다래 넝쿨도 심어놓은/ 정구지 밭에/ 나도 모르게 새 주인이 생겼다/ 매번 만나면 서로 깜짝깜짝 놀라는 사이/ 은연중 정이 들었는데/ 오늘 낮에 그는 비명횡사했다/ 캭, 캭, 캭, 캭, 절박한 소리로 sos를/ 사방팔방 허공으로 띄웠으나/ 그를 구하기엔 내 힘이 역부족이었다/ 순식간에 뒷다리를 후린 대가리와/ 푸른 비늘마다 독을 세운 공포에 질려 나도/ 외마디 비명을 내질렀는데/ 운 좋게 포식한 놈의 행운도 잠시/ 옆집 농부의 올가미에 걸려든 큰 뱀,/ 구름이 우주를 덮고 있는 사이/ 행방이 묘연했다

- 시집 『울음소리가 희망이다』(2014)

두릅나무를 캐내다

　오래전부터 내게 붙은 나물꾼이라는 호칭이 즐거운 봄나물 철이다. 거실 창을 통해 멀리 보이는 산과 들이 연두와 초록빛 잎새로 출렁거린다. 바라만 봐도 절로 즐겁다. 우리 집 텃밭도 겨울잠을 잔 다년생 봄나물이 실하게 줄기와 싹을 밀어 올린다. 쇠기 전에 나물을 뜯어먹어야 할 시기다.

　하루가 다르게 자라는 나물을 바라보는 흐뭇함에 연한 줄기가 뻣뻣이 쇠도록 내버려 둔다. 그 덕분에 화단에 뿌리 내린 고추나무는 줄기마다 밀어 올린 꽃대가 수천 송이는 됨직하다. 막 개화를 시작한 고추나무는 나물꾼만 아는 산에 자생하는 나무로 나무의 순을 따서 나물로 먹는다. 고추나물이라고 하면 흔히 밭에 심는 고추와 혼동하는 분들이 많다. 그 꽃이 아카시아 향보다 더 매혹적인 향기를 퍼트린다. 또 오이순나물로 알려진 고광나무도 우리 집에 여러 그루가 있다. 새순에서 오이 냄새가 난다고 해서 오이순으로 불린다. 나물로 먹기보다 꽃이 더 어여뻐 애지중지하는 나무다. 참두릅도 몇 그루 있어서 맛보기와 눈요기는 충분하다.

그뿐이랴, 참취·명이·참나물·곤드레·둥굴레·달래·어수리·염아자·돌나물·당귀·민들레 등 나물 이름 붙은 식물이 뒤란과 텃밭 화단에서 서로 종족 보존의 영역을 확장하느라 바쁘게 산다. 하나 둘 나물의 종류가 많아지면서 화단은 귀한 보물을 심는 나물 밭으로 변했다. 이 집을 짓고 나서 심은 두릅나무와 모종으로 구입하고 때론 얻어온 푸른 생들이 터를 잡은 나물밭이다. 토종 흰 민들레와 귀한 산 민들레까지 모시고 산다. 예년과 달리 보름은 일찍 찾아온 봄날이 산야를 애련한 연두로 풀어 놓아야 하는데 따듯한 날씨에 물오른 나무와 잎이 금세 초록의 산하로 탈바꿈했다.

　어린 시절의 기억이 끌고 온 나물에 대한 향수가 봄마다 나물꾼으로 변신하게 하는 가장 바쁜 시절이다. 아무리 나물을 뜯고 싶어도 봄철 입산이 금지된 산으로 나물을 뜯으러 가긴 불가능이다. 하여 텃밭의 나물로 향수를 달랜다. 때론 문중 종산으로 아낙들과 어울려 가기도 한다. 예전의 풍요롭던 산나물은 추억거리다. 발목을 덮는 낙엽에 나물이 종족을 퍼트리고 군락을 이루기는 힘들다. 습지의 푸른 식물 군락지에도 먹는 나물보다 독을 지닌 독초들이 더 많다.

　나물꾼이란 호칭이 붙은 내가 나물 뜯기의 예의를 설명하긴 모순이지만 나물을 뜯더라도 나뭇가지의 상순 몇 개는 꼭 남겨 두어야 한다. 그래야 뜯은 나무의 그 줄기가 고사하지 않고 꽃을 피운다. 쇠어버린 나물은 건드리지 말아야 한다. 종족보존을 위해서다. 또 다년생이든 일년생이든 땅에서 자라는 나물 싹쓸이는 절대 안 된다. 나물도 씨받이를 많이 남겨 놓아야 다음 해 그 자리에서 자라난다.

올해도 문중 앞산으로 아낙들과 어울려 나물을 뜯으러 간다. 우리 세대가 나물을 뜯으며 느끼는 재미는 그 희열을 모르는 사람에겐 무용지물이고 나물을 싫어하는 아이들에겐 이해할 수 없는 짓거리로 보일 테다. 골짜기 험준한 비탈에 덤불로 뻗어가는 다래순이며 오이순, 고추순이 주로 뜯는 나물이지만 신록이 주는 상쾌한 향을 어느 이름난 향수와 바꾸랴, 나무가 뿜어내는 피톤치드 향에 피로는 싹 가시고 마냥 즐겁다. 내 나이에 벌써 무릎 관절은 다 망가졌다는데 도대체 나물 뜯는 행위는 멈출 수 없는 즐거움이다.

부추 밭까지 점령한 돌나물로 물김치를 담갔다. 식구들이 잘 먹는 돌나물김치는 최상의 맛이다. 나물을 삶아 무치고 생으로 먹고 한번 빠져들면 그 푸른 나물의 향과 맛에 중독이 된다. 봄꽃 피었는가 싶더니 봄날이 가고 있다.

두릅나무를 캐내다

몇 평쯤 되는 앞마당/ 성가시게 제 종족을 퍼트리는/ 두릅나무 몇 그루를 캐내다 본/ 땅속이 온통 나무들의 동맥이다/ 손바닥만 한 화단에 깃들어 사는 나무들/ 뿌리와 뿌리의 엉킴을 뜯어내며/ 누구 것인지 모르는 그 근원의 핏줄을 더듬어 본다/ 허락도 없이 산동네서 훔쳐 온/ 산벚나무 진달래 다래 넝쿨 산수유 등/ 산골 농부와 아낙을 닮은 나무들이/ 두릅나무와 어울려/ 척박한 달동네 살림들을 차린 터지만/ 어디서나 문어발식 경영은 있는지/ 몇 년 사이 화단이 온몸에 가시 테를 두른/ 두릅나무의 왕국이다 그 애물단지/ 두릅나무의 뿌리가 얼기설기 뻗은 땅 위로/ 그래도 질긴 목숨 못 버린다고 며칠 사이/ 붉은 독 오른 용병들 불쑥불쑥 솟아 오른다

- 시집 『우리 집 마당은 누가 주인일까』(2005)

눈 내리는 저녁

올겨울 들어 처음으로 발목이 빠지도록 눈이 내린다. 하염없이 내리는 저 눈꽃, 천지간이 온통 하얀 세상으로 변신한다. 흰 눈꽃을 소리 없이 쌓아가는 보이지 않는 예술가, 그는 지붕에, 장독대에, 가을걷이가 끝난 빈 밭에 희디흰 설국을 꿈꾸는 동심의 예술가다. 앞 빌라에서 아이들이 환호하는 소리가 들리고 옆집에 거주하는 동남아 여성이 누군가에게 전화하는 낯선 언어도 들떠있다. 나도 거실 창에 기대어 저 하염없는 눈발에 한 해가 가는 설렘과 그리움과 쓸쓸함을 노년의 감성으로 불러내며 반추한다.

무궁무진 낙하하는 눈발이 불러오는 쓸쓸하고 아름다운 추억의 파노라마, 저 설렘의 동반 없이 어찌 겨울의 낭만을 기대할까. 눈 쌓인 산, 눈 쌓인 들녘, 눈 쌓인 추억은 누군가는 연인을 불러낼 것이고 누군가는 그리움을 반추하며 떠난 사람을 떠올릴 시간이며 또 누군가는 삶의 고통에 힘겨워하기도 하리라. 동심의 세상에서 눈사람을 만들며 눈싸움도 즐길 것이다.

현실에서 집 앞에 쌓이는 눈은 불편과 불안을 동반한다. 노년 세대 젊은 세대 할 것 없이 문명의 기기에 의존해 사는 현대인이다. 어느 눈쌓인 도로에서는 구급차와 견인차가 경쟁하듯 달리는 사고의 현장도 있고 넘어진 사람들이 병원 신세를 지는 삶도 있으리라. 이렇게 양면의 모순을 선사하는 흰 눈이지만 눈 없는 겨울은 얼마나 쓸쓸하랴.

산다는 것은 앞날이 좀 더 행복해질 것이라는 기대 때문이 아닐까. 겨울에는 봄을 기다리듯 흰 눈 또한 겨울을 기다려 왔으리라. 낭창낭창 휘어진 살구나무 가지가 눈의 무게를 설화로 피워내는 인내의 견딤을 본다. 밤사이 동화의 나라를 세운 설국은 내일이면 조잡한 삽화처럼 하룻밤 풋사랑처럼 흔적도 없이 사라질지도 모른다.

저녁 눈

묵은 해가 다 가도록 감감하던/ 눈발들이 하늘의 경계를 풀고/ 지상으로 낙하를 결행한 오후./ 논두렁 밭두렁이며/ 피골이 드러난 살구나무 대추나무가/ 차디찬 눈물의 喪服을 입는다

호시절 다하여/ 제 설움에 겨운 시름을 쏟듯/ 휘어지게 흩날리는 하얀 부고訃告 장/ 온 마을이 골목골목 점령한/ 흰 소복 옷에 술렁거린다

아직 봄은 먼 데/ 내게도 기다리는 무엇이 있는지/ 저 희디흰 것들이 호명하는/ 그리운 추억을 되뇌며/ 아무도 찾지 않는 익명의 슬픔을/ 붉은 적포도주 몇 잔이 허무는/ 하, 쓸쓸한 저녁 눈/ 내 눈물

- 시집 『우리 집 마당은 누가 주인일까』(2005)

개꿈을 꾸다

개꿈

　길을 가고 있었네 남편과 함께였네 등 푸른 젊은 날의 한 시절 번잡한 주택가에 마악 이삿짐 풀어 놓은 셋집을 나와 식당을 찾아가네 어린것 등에 업고 새로 일궈 낼 앞날은 금빛이네 장미꽃이 물결처럼 피어나네 따뜻한 행복이 두 손에 잡히네 길모퉁이를 돌아선 찰나 불현듯 떠오르는 불안감, 낯선 타인들 앞에 노출된 우리들의 방이 생각났네

　문 잠그는 걸 잊어 버렸어요, 당신 먼저 길 건너 식당에서 기다리고 있어요, 눈 감으면 코 베어간다는 서울, 황황히 오던 길로 되돌아서네 이 집이 아니었나 이 골목이 아닐까 눈 씻고 찾아봐도 방금 이사한 그 집은 없네 번지수도 모르는 셋집은 찾을 길 막막하네

　애간장이 탔다네 사방이 온통 미로네 날은 어둡고 어린것 지쳐 길에 누워 잠드네 절박한 두려움이 전신을 휩싸네 아 참! 남편에게 삐삐를… 고장 난 전화기를 맥없이 놓으며 깊은 시름에 잠길 때 귓불을 때

리는 자명종 시계 소리 첫새벽이었네 마흔여섯 등줄기에 진땀이 흥건
한 개꿈 한마당

- 시집 『벌열미 사람들』(1998)

꿈속에 등장하는 그 집은 영등포의 어느 낡은 기와집이었다. 가
난한 신혼부부가 돈 없이 서울에서 방 얻기란 하늘의 별 따기처럼
힘든 세상이다. 6개월 기한으로 보증금만 조금 낸 부엌도 없는 월
세방 한 칸에서 시작한 살림, 남편의 직장이 공장지대인 영등포였
다. 담벼락 울타리에 걸쳐놓은 슬레이트 지붕은 부엌이고 연탄 광
이다. 천장에서 밤이면 쥐가 전쟁을 하는 오래된 집이었다.

사과 궤짝 두 개가 찬장이 되고 연탄아궁이에 끓이는 냄비 두어
개, 수저, 양동이가 부엌살림이던 시절이다. 단칸방은 돌 지난 아
들과 우리 세 식구 누우면 되는 크기였다. 봄날이 가고 장마철에
접어든 여름날의 누기와 곰팡이가 얼룩진 방 안의 습기에 아기가
자주 설사를 하는 날씨가 계속되었다. 그런데 어느 날 일이 터졌
다. 밤새도록 어린것이 울어댔다. 초보 엄마는 아기를 업고 어쩔
줄 몰라 허둥거리며 약방을 찾았다. 아기의 얼굴에도 몸에도 울긋
불긋한 반점이 돋아나 있었다.

아기를 자세히 관찰하던 약사가 아기가 벌레에 물린 것 같다며
혹시 '쥐이'를 아느냐고 물었다. 쥐에도 이가 있다니 기절초풍할
노릇이었다. 나는 쥐이를 보지도 못했고 처음 듣는 말이었다. 약사
는 바르는 연고와 방 안에 잔뜩 뿌리라면서 가루약 한 봉지를 주었
다. 장마철 습기로 천장에서 쥐의 몸에 붙은 이가 무섭게 번식을

했다는 약사의 추리였다. 그 쥐가 아기 몸을 마구 물었다는 것이다. 놀라는 것도 잠시, 오싹 소름이 끼쳤다. 어수룩한 시골 젊은 부부를 이런 낡은 집에 살도록 소개한 복덕방도 야속했고 보증금 몇십만 원의 여력도 없이 분가를 시킨 시부모님도 야속했다. 밝은 대낮에 천장이며 벽까지 쓸어내고 걸레질을 하면서 자세히 본 무수한 쥐이, 큰 충격이었다.

먼지보다 적어 눈여겨보지 않으면 모를 콩가루 같은 쥐의 소굴이 우리 식구의 방이었다. 연탄 한 장이라도 아끼려고 봄여름 방안에 불을 넣지 않은 원인도 한몫했다. 당장 이사를 갈 형편도 아니라서 약을 온 방에 뿌리고 연탄을 때고 한증막 같은 여름을 나고서 우리는 그 집을 떠나 다른 곳에 셋방을 얻어 이사를 했다. 집 주인인 딸이 파독 간호원으로 일한다는 집이었다. 내 뱃속에서 어린 생명이 자라고 아들은 걸음마를 떼기 시작했다. 아이가 걸어다니며 가끔 주인집 마루로 올라갔다. 그 집에는 어린 손자 둘을 할머니가 돌보고 있었다.

TV를 재산목록에 기록하던 시절 주인집 TV가 신기한지 마루 문틈으로 바라보는 아들을 보는 내 마음이 불안하던 나날이었다. 그 집 아이들이 TV 보는 아들을 집으로 가라고 자주 울렸다. 그런 일이 반복되자 주인 할머니가 우리 가족을 싫어하는 기색이 역력했다. 공장 밀집 지역인 영등포에서 집이 있다는 건 텃세를 부려도 가능한 부자였다. 단독 주택을 개조해 몇 가구로 쪼갠 월세 방조차 식구가 많으면 얻기 힘든 시대였다. 딸아이가 태어나고 철없는 또래 손주 아이들이 어린 아들을 울려 내쫓는 등 텃세를 부리는 것도 우리 가족을 배척한 이유였다.

그때 멀리 떨어진 지방의 큰 회사에서 남편에게 자리가 있으니 옮겨오도록 하는 건의가 들어왔고 남편은 집이 아닌 직장을 옮겼다. 마음의 갈등을 한방에 해결해 준 남편의 직장은 대기업의 직계 회사였다. 서울서 한참을 가야 하는 시골이었으나 우리 가족은 다시 그곳에 셋방을 얻어 이사를 갔다. 새로 신축한 큰 주택이었다. 부엌도 있고 안채와 동떨어진 별채였다. 집주인이 서울시 소속 경찰 간부라고 했다. 낯선 시골마을의 셋방 입주로는 은근히 든든했다. 그게 큰 기우였다고 깨달은 것도 며칠 지나지 않아서 였다. 옆 집에서 우리처럼 세를 얻어 사는 아낙이 슬며시 전해 주는 말, 작은 마을이 다 그 집 땅이라고 했다. 집을 가진 주민들이 비싼 텃도지를 낸다고 한다. 마을을 감싼 산도 도로도 다 집주인 소유란다.

어떻게 민중의 지팡이라는 경찰공무원 간부가 이 많은 낯선 마을의 소유자일까 무서웠다. 유난히 울창한 마을 산, 죽은 나무 가져가는 일도 도토리 줍는 일도 큰 별장 같은 집을 지키는 안주인의 허락없이는 불가능했다. 산에 도로공사를 하느라 베어 놓은 나무를 주워다 추운 방에 매일 불을 땠더니 집주인은 방을 비워달라고 요구했다. '집 없는 설움이 가장 서럽다' 는 말을 실감했다.

서울로 서울로 몰려오는 가난한 사람들이 내 집 마련을 하기란 정말 하늘의 별 따기처럼 힘들다. 전세방이라도 얻으면 반쯤은 성공한 셈이다. 직장인들이 조금씩 돈을 올려가며 전셋집을 전전하거나 혹은 더 나락으로 내려가느라 셋방을 얻는 경험담은 늘 뭉클하다. 집주인이 전세나 방세를 올려 달라면 어쩔 수 없이 또 다른 집으로 이사를 해야 하는 서러움은 겪어보지 않으면 이해가 어렵다. 세 아이를 낳으며 옮겨간 셋방이 타향살이 칠 년 동안 일곱 번이었으니 한 해에 한 번꼴로 이사를 한 기억이 떠오른다.

'뭐니 뭐니 해도 집 없는 설움이 가장 마지막'이라고 말씀하시던 친정어머니는 돌아가시기 몇 년 전 정말 오두막이라고 표현해야 할 작은 집을 손수 구입하셨다. 한창 수도권의 아파트가 인기를 끌며 고공행진을 하던 시기 오빠도 아파트에 입성한 집주인이 되었는데 어머니의 생리에 아파트는 닭장 그 이상도 이하도 아닌 주거지였던 것이다. 그리고 사철 맑은 바람이 불어오는 산골의 오두막에서 몇 년을 사시다 돌아가셨다.

지금 우리나라가 경험하지 못한 세상을 겪느라 너나없이 고통스럽다. 코로나와 겹친 생활고도 힘겨운데 서울과 수도권의 아파트값은 나날이 올라가는 수치가 다르다고 한다. 정부가 나서서 별별 묘안을 다 짜내도 집값, 전셋값을 잡기가 역부족이라고 한다. 한 가족 일 주택자라도 세금폭탄이란 용어가 존재하는 우리는 거저 살라고 줘도 못 사는 곳이 아파트다. 나와 함께 낡아가는 우리 집, 남향의 볕살이 거실 가득 햇살을 내리쏘는 집에서 뒹굴다 생각난 젊은 날 셋방살이, 그 기억의 편린들이 늘 나를 몽유의 시간으로 끌고 가나 보다.

청국장

　낯선 번호의 전화를 한 통 받았다. 김포에 사는 분이며 내 시의 독자라고 했다. 방금 「청국장」이란 시를 EBS라디오 방송에서 정애리 배우가 낭송을 했다면서 들어보라고 알려준다. 첫 시집에 실린 이 시가 어떻게 방송을 탔는지 모른다. 그것도 시집에 발표한 지 이십여 년이 지난 시였는데 유명 배우가 낭송했다니 허겁지겁 인터넷으로 방송국을 찾고 다시 듣기를 눌러 듣는 등 나 혼자만의 작은 소동을 벌였다.

　잠잘 시간도 쪼개는 일 중독자였다. 벗어놓기 싫은 많은 일들에 둘러싸여 있는 시간도 나름의 행복이라면 역설일까, 라디오 듣는 시간도 아깝다. 시간과의 전쟁이 생활을 지배하는 초현실에서 책을 읽고 글 쓰는 일도 별러야 된다. 동료 문인들과 밥 먹는 약속도 친목회도 하루 시간과의 전쟁이다. 아이들 생일까지 챙겨야 속이 편한 생활리듬은 내 시를 어느 곳에 투고한다거나 '가뭄에 콩 나듯' 또는 '석 달 가뭄' 보다 더 거리가 먼 청탁 원고조차 보내지 못할 때가 있다. 이런 소식을 알려준 독자가 고마웠다.

청국장

청국을 띄우려고 햇콩 두어 되를 가스 불에 앉혔다 밭에서 나는 쇠고기라는 노란 콩들이 양은솥 속에서 동글동글, 데굴데굴, 콩콩 통통, 경쾌한 비명을 질러가며 개나리 꽃잎 같은 꺼풀을 불리더니 결국 뜨거운 압력을 견디지 못해 제 빛을 잃고 몸의 탄력이 풀어진다 전혀 다른 이름을 얻기 위해 뭉그러지는 서너 시간 사이의 완전 해체,

통통 튀던 생을 죽인 삶은 콩을 소쿠리에 담아 섭씨 30도가 넘는 아랫목에 파묻는다 일정한 온도에서 사흘간 썩어야 될 운명 죽은 콩들의 내부에서 일어나는 지독한 부패의 힘이, 새롭게 결속을 다지며 태어나는 신토불이 청국, 청국장 푸르게 넘실거리는 본향으로의 회귀를 꿈꾸던 노란 콩알 알알이 들어와 박힌 고향의 맛을 끓이며 그리운 어머니를 불러 보며

- 시집 『벌열미 사람들』(1998)

어머니는 귀한 쌀보다 밭 잡곡, 양식이 되어주던 콩으로 별식을 자주 만드셨다. 두부와 콩탕, 콩죽을 때에 따라 한 끼의 식사가 되도록 만드셨다. 먹어본 지 오래되어 맛도 잊었지만 생콩을 불려 맷돌에 곱게 간 후 김치를 넣은 설설 끓는 노구솥에 붓고 끓이면 콩탕이 되었다. 아버지가 가장 좋아하시는 끼니였다. 반면 동생들과 나는 삶은 콩을 맷돌에 갈아 자루에 넣고 짠 콩물로 끓인 콩죽 호주들이다. 고소하고 매끄러운 국물과 쌀알이 든 죽을 두 사발씩 먹기도 했다.

맹꽁이배처럼 부른 배로 이불을 덮고 식곤증에 빠져 잠이 들던

어린 시절이 언제였을까, '그 또한 지나가리라' 솔로몬의 명언처럼 다 지나간 세월의 추억이 이제는 콩죽보다 더 좋다는 전복죽을 먹어도 그때의 맛이 아니다.

나이 들면서 겨울철 밥상에 가장 잘 올리는 찌개가 김치나 채소를 넣어 끓이는 청국장찌개다. 어머니와 언니에게 전수받은 청국을 띄우는 일이 초겨울의 취미처럼 되어서 어느 해는 밭에 마태콩으로 부르는 노란 콩을 경작하기도 했다. 용돈이라도 벌려고 겨울철 일로 수확한 콩으로 청국 쑤는 일을 시작했다. 청국을 만드는 과정은 쉬워 보여도 경험과 정성, 인내가 필요하다.

가마솥에 불린 콩을 넣고 몇 시간 불 조절을 하면서 쑤노라면 제빛을 잃어버린 달콤한 메주콩으로 변신을 한다. 잘 삶아진 콩에 짚을 깔고 섞어 사흘 정도 일정한 온도에 띄우면 큼큼하고 고리타분한 냄새가 진동하는 청국으로 발효된다. 특유의 냄새를 지닌 하얀 실 같은 바실러스 균 진액이 콩을 감싸면 잘 띄웠다는 증거다. 우리나라 고유의 발효음식이지만 아파트에서 청국을 끓이면 그 독특한 냄새로 민원까지 발생한다니 이러다가 청국장이란 고유의 음식도 설 자리가 없는 게 아닌가 걱정도 앞선다.

이제는 용돈벌이는 힘이 들어 못 하지만 식구들이 좋아하는 청국장은 임기 만료가 없는 내 일거리가 되었다. 어미의 청국장을 먹고 큰 아들딸들도 청국을 좋아하니 해마다 청국은 우리 집 식구와 손님들께 식탁의 찌개 일 순위로 꼽히는 음식이다. 얼려놓은 청국 몇 덩이만 있으면 겨우내 반찬 걱정이 없다. 이런 지혜를 전수해 주신 조상님들이 발효 음식의 선구자다.

라디오 방송에 나도 모르게 발표되었다는 시가 또 있다는 소식을 이번에는 동료 문인이 알려 준다. 「밥」이라는 시다. 아들딸이 결혼하기 전에 내 손으로 밥상을 차리면서 어린 시절 배곯던 기억을 떠올리며 쓴 시다. '밥심'이 살아가는 최대의 목표였던 시대, 돌아보니 육십 년을 지나 멀리도 왔다. 그래도 변함없이 '밥 한번 먹자'라는 인사말은 가장 친근하다. 시인 공화국이라는 우리나라의 시인들이 모두 나보다 위대해 보이는 현실에서 지역의 농사꾼 아낙이나 다름없는 내가 시를 쓰는 웃픈 현실이 겨우 내 자랑이다.

밥

칙, 칙, 폭, 폭, 달리는 기차의 더운 김에/ 제 몸 익혀 밥을 짓는 압력솥의 밥 냄새가/ 세상 어느 향기로운 말씀보다/ 더 구수한 아침밥을 푸다가 문득/ 공복을 밀고 오는 유년기/ 키 재기하던 밥그릇들 다 어디로 사라진 걸까/ 푸른 줄에 복福 자 무늬 흰 사발 가득 아버지의 고봉밥/ 오빠 나 동생 크는 순서대로 꿀떡 꿀떡 피가 되고/ 살이 되어 뼈를 세워 준 하지감자 반쯤 섞인 누런 보리밥/ 밥 짓던 어머니 그 자리를 물려받은 내가/ 아들딸 턱걸이하는 다이어트에/ 죄짓듯 한 주걱의 밥을 덜어낸다

- 시집 『울음소리가 희망이다』(2014)

휘청거리는 오후

휘청거리는 오후

이쯤에서 놓으려 했네/ 견딜 수 없어 끊으려 했네/ 독기로 펄펄 끓던 미움/ 마른 눈물의 소금기까지 모아/ 짜디짠 악연의 증오를 절이던/ 나의 적에게 내 안의 적에게

마음으론 위태로운 인연의 고리를 끊은 지 이미 오래/ 멀어지면 마음도 떠나리/ 툭 떨어져 뭉그러진 홍시처럼/ 살과 껍질 녹아내린 육신이 멀어지면/ 그대와 나 멀고 먼 이방인 되리

돌아보면/ 삶이란 구비마다 치사하고 슬픈 묘비명/ 스스로 다스리지 못한 상처들이/ 제풀에 힘겨워 새살을 밀어내듯/ 한생을 살아온 낡은 흔적들이 불러오는/ 슬픔에 겨워 또다시 화해의 악수를 청하는/ 휘청거리는 오후여,/ 내 안의 적이여,

- 시집 『우리 집 마당은 누가 주인일까』(2005)

「휘청거리는 오후」라는 박완서 선생님의 소설이 있다. 오래전에

읽었던 소설이라 내용은 생각이 안 나지만 중년을 넘긴 부부의 갈
등을 표면시키며 위기를 넘기는 소설이 아니었나 싶다. 내가 가
장 존경하고 좋아하는 작가가 박완서 소설가다. 선생님은 생전에
맛깔나면서 재미있게 고향과 자신의 인생을 뛰어난 문장력으로 써
내셨다. 인간에 대한 위의를 누구보다 강조하면서 때로는 인간의
불의와 야만성에 대해 비수처럼 예리한 촌철로 경각심을 일깨우셨
고 한 포기 들꽃에 대한 무한한 애정만으로 한 페이지를 할애할 정
도로 글을 쓰시는 다정다감한 글 귀신이셨다.

　근현대사 문학에 박완서 선생님이 안 계셨다면 한국문학은 큰
손해였다는 평가로 선생의 문학적 업적을 찬양하신 평론가들이 많
다. 평론가뿐이랴, 선생을 존경하고 흠모하는 독자와 문인들이 아
직도 선생의 많은 저서에 애정을 쏟는다. 선생이 펴낸 한국전쟁 전
후의 소시민들의 애환이 담긴 소설이나 수필집, 수많은 작품집이
모두 한결같이 인간에 대한 연민과 존엄, 함께 공존하는 덕목을 지
향한다. 한때 선생님의 명성만으로 사들인 책들에 매료되어 행복
하고 기뻤는데 이제 책꽂이의 책으로만 뵙는 자리가 내내 안타깝
다.

　우리 사회가 여성에게 동등한 수평관계를 인정은 하는지 아직
은 잘 모르겠다. 내가 살아 온 시대와 지금의 현실에 너무나 격세
지감을 느끼기에 낯설지만 '미투me too'라는 용어를 존중하고 싶
다. 이 낯선 용어가 이제 우리 삶에서 여성을 (간혹 남성도 있음을 부인하
지 않겠다.) 보호하는 흑기사 같은 역할을 한다면 지나친 과장일까.
나는 어쨌든 여성이라는 동성으로 그 힘든 과정을 용감하게 세상

밖으로 투척한 분들께 진정 뜨거운 응원의 마음을 보탠다. 그런 용기 있는 분들에 의해 남성과 여성이라는 동등한 수평적 인간관계가 어느 정도 이루어졌다고 여기니까.

상하 복종의 권력기관을 비롯해 검사, 연예인, 문학인, 학생과 교육계, 종교계 어디를 망라하고 피해자와 가해자가 넘치던 몇 년 동안의 미투 고발은 이 사회에서 고통받던 여성들이 숨 쉬는 돌파구 같았다. 어디에도 하소연할 곳 없이 피해자가 죄인처럼 숨죽이고 살던 시대는 구시대의 폐해다. 보호받아 마땅한 피해자를 SNS상의 피해는 물론이고 오히려 가해자로 모는 우리 사회에서 언제 권력과 법의 약자가 올바르게 살아갈 날이 올까 가늠하기도 어렵다.

세상의 절반

그 절박한 상황이 왜 내 앞에서 펼쳐졌는지… 넋 나간 눈빛으로 소주 한 병을 사 들고 간 여인이 잠시 뒤 신발조차 벗어던진 만신창이 모습으로 숨겨달라는 애원과 함께 가게 진열장 뒤로 몸을 숨겼을 때 분노에 떨며 찾아온 남성에게 뒷날의 원망이 두려운 내가 "제발 폭력을 쓰지 마세요" 애원하듯 당부한 그 말 한마디 개처럼 끌려가던 여인의 비참한 뒷모습이 밤새 꿈자리에서 어지럽던 세상의 절반인 남자, 가장의 권력이라는 절대적인 횡포 앞에 깊게 절망한다 극히 소수라고 변명해도 평등한 인권이 실종된 현실에 하늘과 땅 같은 참담한 깊이에 무력해진다 세상의 절반인 여자, 들에게

- 시집 『벌열미 사람들』(1998)

소주를 좋아하던 여자였다. 그녀가 사 들고 간 소주 한 병이 부른 절망, 여자는 만신창이 몸으로 우리 가게로 피신했다. 가게의 진열대를 훤히 익히고 있는 이웃 남자는 벌건 눈빛으로 사실혼 관계인 그 여자를 찾아 질질 개처럼 끌고 갔다. 가정폭력이란 말도 생소했고 미투라는 용어의 개념도 전혀 모르던 시대였다.

도시에서 흘러 들어온 삶의 유랑민들이 마을 토박이 주민보다 많아지면서 벌어지던 광경이다. 이웃들은 부부 싸움이라고 외면했고 나도 숨겨달라는 애원을 두려움에 외면했다. 술이라곤 냄새도 못 맡는다는 그 여자의 남자, 세상의 절반인 남자가 세상의 절반인 여자를 무차별 폭행으로 짓밟은 그날의 기억은 오래도록 가시지 않았다. 피멍 든 얼굴로 여자가 떠난 자리에는 뒷소문이 무성했다. 여자가 남자보다 통(?)이 크면 살림을 못한다고, 술을 마시면 안 된다고, 아이를 못 낳으면 갈라서도 된다고, 지극히 사소하지만 지극히 이유가 되는 가부장의 권위, 남자에겐 당연한 권리였고 여자는 팔자처럼 받아들여야 하는 굴종의 이유였다.

'결자해지'란 말에 순응하면서 스스로 해결하는 방법을 찾는다. 넘쳐나는 문장의 수사들이 삶의 전언을 폰을 통해 전달한다. 이만하면 살맛 나는 세상 같기도 하다. '여성상위시대'라는 고릿적 말이 낡아갔지만 지구촌 곳곳의 생활에서 여성은 희생을 기꺼이 받아들인다. 내 안의 낡은 흔적들이 슬픔을 지우고 새살을 밀어내지만 상처는 남아있다. 내 안의 적이여, 나의 묘비명에는 '평등한 세상을 꿈꾸던 을乙, 잠들다'면 족할 것 같다.

검둥이

검둥이

허! 참! 할 일 많은 내가 개그맨 이름에 감탄사를 붙이는 게 아니다
어느 임산부에게 오늘 무연히 경이로워서 쓸쓸히 감탄하는 탄식이다
때론 본능에 충직한 맹세를 악다구니로 변질시키는 이명에 깨어나 한
밤중 두들겨 패대기도 다반사로 했던 내 행동이 부끄러워서다

그녀는 밤사이 비명 한마디 없이 세 쌍둥이를 출산했다 참으로 미
안한 건 한솥밥을 먹은 지 열 달이 되었는데도 임신의 기미를 전혀 알
지 못하였다는 무심함이다 흰 눈발에 흘린 초경이 어느 건달 놈을 불
러들였는지 오리무중인데 목줄에 매인 그녀와 흘레붙은 잡놈의 면상
조차 본 일이 없는데 이런 그녀의 기구한 팔자라니

늘 먹성 좋던 천덕꾸러기라는 오명으로 통통 살찐 비곗살의 운명이
어쩌면 올여름 말복 이전에 끝장을 보게 될지도 모른다고 벼른 비정
한 쥔 여편네에게 어찌하여 공단 결처럼 보드랍게 고물거리는 어린것
들과 눈 맞추게 하였는지…

차디찬 거적의 단칸방에서 온몸으로 모성을 던진 그녀에게 따듯한
미역국 한 그릇 진수성찬으로 바치며 또다시 허! 참!을 되뇌는데 저 어

린것들 한결같은 음파로 어미를 찾는 소리에 다시 주저앉는 그녀를 보며 허허, 참!

- 시집 『울음소리가 희망이다』(2014)

여름이면 한국인의 보양식으로 '영양탕' '사철탕' '보신탕' 등의 간판을 단 음식점들이 성행하던 시대가 있었다. 여름철의 허한 기운을 북돋는다는 영양식으로 개를 잡아 끓여내는 음식점들이다. 선진국으로 진입하면서 이웃 나라들이 우리 국민을 애완용 개를 잡아먹는 미개한 민족으로 보는 데 대한 반사작용으로 이제는 음지로 사라진 음식문화다. 특히 동물애호가와 외국인들이 동물보호와 함께 혐오식품으로 낙인찍으면서다.

나는 음식을 가리는 편은 아니지만 기필코 개고기 음식은 안 먹는다. 보신탕을 먹는 근처에도 안 간다. 아직도 식용 개를 키우다 방치하는 견주들이 가끔씩 뉴스에 오르내리는 것을 보면 끔찍하다. 주로 야산의 골짝이나 빈 축사 등에서 대량으로 키우다가 수지가 맞지 않으면 그대로 방치하고 만다. 동물보호단체에서 구조하고 현장을 보여주는 뉴스는 반려견이니 애견이니 '개 팔자가 상팔자'라는 수식어를 무색하게 하는 참혹한 견공들의 수난사다.

반려동물과 함께 사는 인구가 천만 명 시대라고 한다. 그만큼 개나 고양이 등 애완동물을 한 가족처럼 평생 데리고 산다는 사람들이 많다는 수치다. TV 프로도 동물이 나오는 프로가 대세며 인기가 많다. 유기된 개나 고양이 심지어 뱀까지 종류도 다양한 동물이 한때 사랑받던 집에서 버려지는 예가 많다는 것도 슬프다.

위 시의 주인공 검둥이는 십오 년 전쯤 우연히 우리 집과 인연을 맺었던 까만 똥개다. 그냥 '검둥이'가 이름이었다. 이 마을에서 6년 동안 남편이 이장직을 맡았던 시절이었다. 그때 생활보호 대상자로 지정되신 연세 많은 할머니가 계셨다. 다 쓰러져 가는 슬레이트 집에 혼자 거주하셔서 몇 번 반찬이나 라면 등을 가져다드리곤 했는데 그때 검둥이 두 마리가 그 집 지킴이였다.

할머니는 동네에서 키가 제일 작은 어른이었다. 또 그 작은 키가 땅에 닿도록 허리가 굽은 왜소한 분이셨다. 가끔씩 아들을 못 낳았다고 그 작은 몸을 할아버지가 폭행했다고 소문이 돌았다. 연세 든 할아버지가 먼저 돌아가시고 두 딸이 있지만 모두 어렵게 산다고도 했다.

내가 찾아간 할머니 집, 처음에는 경계심이 가득하셨으나 몇 번의 방문에 마음을 여셨는지 직접 기른 뒤란의 채소를 봉지 가득 뜯어 주시곤 했다. 거름이라곤 개똥이 전부이던 할머니의 손바닥만한 채소밭, 상추며 열무 잎사귀에 노란 벌레 알들이 다닥다닥 붙어 있는 걸 본 이상 도저히 밥상에 올릴 수가 없었다.

그 후 할머니 댁을 찾았을 때는 검둥이가 새끼를 몇 마리 낳아 기르고 있었다. 검은 공단 결처럼 어여쁜 강아지들이었다. 언제든 할머니의 기른 수고에 답하는 값으로 팔려나갈 강아지들이었다. 며칠 후 안면이 있는 할머니의 큰딸이 우리 집을 방문했다. 새카만 강아지를 한 마리 나에게 안기며 할머니가 잘 키우라고 주셨다고 한다. 뜻밖의 선물이자 참 난감한 선물이기도 했다.

강아지를 본 손주들이 좋아서 난리가 났다. 서로 키우겠다고 환호성이 가시지 않았다. 강아지는 그곳에서 얼마나 굶주림에 시달렸는지 밥 주고 돌아서기가 무섭게 빈 밥그릇을 핥곤 했다. 짖어대는 소리도 제 부모를 닮아 목청이 온 마을에 울릴 정도로 컸다. 하루가 갈수록 커가는 검둥이는 짖는 소리도 우렁찼다. 그게 검둥이의 본능일지라도 한밤중 짖어대는 소리에 이웃의 원성이 귀찮아 매를 들기도 다반사인 주인, 나였다.

봄의 미풍이 불어오는 어느 날 아침 검둥이 밥을 주러 나갔던 나는 깜짝 놀랐다. 세상에! 갓 태어나 고물거리는 강아지 세 마리를 품고 있는 검둥이! 족보가 똥개라는 혈통답게 덩치로도 한몫하는 검둥이가 요 며칠 유난히 배가 부르다고 생각했는데 임신 중이었던 걸 몰랐다. 무관심하고 비정한 주인에게 보란 듯 새끼를 핥아주는 검둥이, 아비가 누군지, 저렇게 줄에 매여 있는 검둥이가 어느 순간에 어느 놈과 연애를 했는지 오리무중이었다.

검둥이는 출산까지 두 달 남짓한 임신 기간이 있었으리라. 그러면 한겨울에 로맨스가 이루어진 셈인데 새끼가 태어난 줄도 모르는 어느 바람둥이의 자식인지 기가 찼지만 공단 결처럼 반질거리는 작디작은 생명들이 고물고물 어미젖을 물고 빠는 모습이라니! 울컥했다. 그리고 어미를 줄 미역국을 끓였다. 밥이라면 자다가도 일어나는 검둥이다. 밤새 산고를 치른 검둥이가 밥을 먹다 말고 제 새끼들이 어미를 찾는 음파에 다시 주저앉는 모습은 모성의 거룩한 애정이었다. 오죽하면 새끼들에게 헌신하는 짐승을 보며 '사람보다 낫다'고 하는 말이 있을까. 검둥이는 그 봄 내내 새끼들 양육에 최선을 다하는 엄마였다.

만남이 있으면 이별도 있는 법, 사람이나 짐승이나 만나고 헤어짐은 운명이고 필연이다. 인간과 가장 친밀한 짐승으로 개를 꼽는다. 또 가장 못된 욕도 개를 폄하하는 욕이다. 어찌 보면 개의 입장으로는 인간을 살생죄, 명예훼손죄로 하느님께 고발해도 무방하겠지만 지구별에 존재하는 생존경쟁과 두뇌싸움에서 가장 우위인 인간을 견공들이 어찌 이기랴. 오래전에 우리 집 검둥이가 어느 날 사라졌듯이 나조차도 유한성에 명줄을 건 생명이다.

2부

그 소년이 온다

샛강에 서서

 2003년 이명박 서울시장 재직 시절, 서울 도심을 가로지른 청계천 복개 도로를 걷어내고 청계고가 도로까지 철거한다. 이후 2005년 복원된 후 서울시민들이 MB어천가를 부를 정도로 서울시민들의 숨통을 틔운 물줄기가 청계천이다. 그 야심 찬 성공이 이명박 정부 2008년에는 국가적인 야망으로 부풀어 22조 원을 들여 전국의 강줄기가 4대강으로 흐르게 하는 발상을 실현에 옮기는 사업이 진행되었다. 한강 낙동강 금강 영산강 발원지부터 샛강 지천 본천을 가리지 않고 포클레인으로 강줄기를 넓히는 사업이었다. 방대한 사업은 작은 골짜기마다 석축을 쌓고 바닥을 긁어내고 채취한 모래와 자갈을 산더미처럼 쌓아두는 공간을 만들었다. 지역에 따라서는 공원이 들어서고 지형을 바꾸는 일이 다반사였다. 국토의 젖줄기인 강을 대운하로 만드는 국토 반역사였다.
 샛강에 깃들어 살던 여린 생들은 집을 잃었고 도랑이나 골짜기에는 제방과 석축의 공고한 벽을 넘지 못하는 순한 뭇 생명과 물길이 갈 길을 잃고 증발하는 사례가 빈번했다. 여기에 한국작가회의 시인들이 4대강 지천부터 본천까지 순례하며 이 자연의 순리에 무례하고 천지 분간을 못 하는 정부에 대해 대운하 반대 시위를 하고 여론을 형성하여 막아 보려 했다. 하지만 MB어천가에 맛 들인 절대 권력의 남용은 결국 4대강을 녹색 풀장으로 만들었다. 물이 마른 샛강 바닥은 장마철이나 흙탕물을 흘려보낼 뿐 돌돌 구르는 물소리도 사라지고 물의 깊이와 흐름에 따라 종족을 키우던 가재나 토하 같은 새우는 4대강 영역에서는 영영 모습을 감추고 말았다.

몇 해 전 사상 초유의 길고 긴 장마에 진정 4대강 사업이 국민들에게 유익했나를 놓고 벌어진 환경단체와 정부 간 갑론을박 난상토론은 환경을 무시한 횡포와 이익이라는 대립으로 진행됐다. 무수한 황토물의 범람으로 재산과 집과 목숨을 잃은 국민은 어디서 보상을 받아야 할까? 천재지변이라는 말에 위안을 삼아야 하는지, 제 길을 잃은 물의 본성을 무시한 인재는 아닌지, 처참한 피해를 뉴스로 보는 것만으로도 가슴이 아팠던 시대였다.

시골이나 도시나 온통 잿빛 콘크리트 장벽이 주거지를 만들고 도로와 샛강까지 점령한다. 이 시대에는 거의 사라진 풍경이지만 어느 마을이나 집 앞을 흐르는 도랑과 개울은 있었다. 아낙네들이 빨래하고 멱을 감고 다슬기가 살던 도랑과 개울, 그런 물줄기들이 흘러 실개천을 이룬다. 산자수명한 금수강산을 노래하던 우리나라다. 그러나 4대강의 발원지와 지역의 큰 강 외에는 물 없는 개천 바닥에 파죽지세로 영역을 넓혀가는 갈대밭만 무성한 현실은 참 서글프다.

이 마을도 앞산 아래 개천이 있다. 한때 명주실 한 꾸러미가 다

풀렸다는 유래가 전해오는 용소를 품은 열미리 백인대(광주시 유적 2호) 아래 샛강이다. 여름이면 가까운 도시인들이 즐겨 찾으며 원주민들이 천렵으로 삼복더위를 보내던 곳이 백인대 계곡이다.

윗마을인 건업리와 봉현리에서 발원한 냇가에는 푸른 화살촉처럼 시퍼런 날을 세우는 갈대밭이 길게 하천바닥에 자리 잡은 지 오래됐다. 도축장이 있는 마을, 한우를 키우는 농장이 곳곳에 있어서 그 풀이 키우고 있을지도 모르는 소참진드기 해충이 무서워 마을 샛강에 다가가기도 두렵다. 지금은 용소도 사라지고 어른 허리도 밑도는 수량으로 겨우 명맥을 유지한 지천으로 곤지암천에 합류한다.

4대강 사업의 성과를 떠나 자연 본연의 생태를 인위적으로 바꾼다는 목적을 비판했던 시인들이 펴낸 시집, 『그냥 놔두라』. '쓰라린 백 년 소원 이것이다' 란 부제가 붙은 대운하 반대 시인 203인의 서사 시집에 실린 시가 「샛강에 서서」다. 4대강의 대운하를 반대하는 작가들과 동참하는 의미로 썼다. 내 시 중에서 가장 부각되는 시일까? 인터넷에 떠다닌다. 또 권순진 시인이 〈대구일보〉에 소개해서 더 알려졌다.

샛강에 서서

수수만년 누대를 흐른 강물에 눈이 내린다/ 눈보라치는 혹한 아랑곳없다는 듯/ 강물은 눈을 먹으며/ 촤르르, 촤르르, 제 몸에 죽비를 친다/ 분분한 눈발들이 적막에 길들여진 강기슭에/ 켜켜이 쌓이는 어스름 녘/ 가난을 제 부리에 묻힌 새 몇 마리가/ 직선과 곡선의 골격으로

68

허공을 받드는/ 아카시아 나무에서 줄고/ 자폭하듯 뛰어내리는 눈발들을 끌어안은 이 강물은/ 어느 산골짝 샛강 여울을 돌아 흘러/ 초경 터트리듯 저리 순결한 신음소리로 앓는 것일까/ 소리 벽을 치는 물살들로 깨어 있는/ 강바닥의 크고 작은 돌들이/ 제 몸의 무늬들을 선명히 마모시키며/ 둥글게 사는 법을 배워가는 이 강은/ 아직 강 밖 더러운 세상을 모른다/ 낙동강, 영산강, 금강, 남한강, 반도의 母川들을/ 한 물살로 수장시켜 죽이려는/ 운하인지 시궁창인지 그 음모를 모른다/ 다만 이렇게 깨어있는 정신으로/ 늘 새 물길로 흐르면서/ 주름 깊고 부드러운 어머니의 자궁 같은/ 큰 물길에 보태져서 그 젖줄에/ 삶의 호적을 둔 숱한 생들을 기르고/ 새파랗게 낯선 꿈을 날마다 흘려보낼 뿐이다

- 시집 『울음소리가 희망이다』(2014)

"허정분 시인은 예순을 훌쩍 넘긴 분이시다. 대뜸 나이를 들먹이는 무례를 감행한 이유는 그 연세에 이토록 치열한 시를 쓸 수 있다는 것이 우선 놀라웠기 때문이다. 좋은 시는 시를 쓴 사람의 신분이 베일에 가려져 있어야 한다는 말이 있다. 즉 시를 봐가지고서는 20대가 쓴 시인지 60대가 쓴 시인지 분별이 어려워야 하고, 그 시인이 남성인지 여성인지도 아리송해야 한다는 것인데 이 시가 꼭 그러하다.(후략)"

개구리가 살고 올챙이가 바글대던 도랑, 봇 뜰, 실개천, 용소, 시냇물, 옹달샘, 샘터 등 물줄기가 숨 쉬는 곳이 전설처럼 마냥 그리운 시절이다.

… 라고만 남아서

하루가 다르게 발전하는 시대에서 지난해는 옛날이다. 한 달이면 스티로폼 패널로 짓는 공장 한 채가 뚝딱 들어서는 현실에 아날로그의 공자 왈 맹자 왈을 배우는 것은 한창 뒤떨어진 공부 욕심이겠다. 국민학교 월사금을 못 내 몇 달씩 끓어 가면서 간신히 졸업장을 손에 쥔 나는 형편상 중고등 검정고시도, 대학생들이 봉사하는 야학도 다니지 못했다. 그러다 보니 시골 초등학교 동창회 참석도 한마을에 살던 친구가 불러 한 번 다녀온 후론 너무 낯설어 못 가고 말았다. 돈벌이에서 해방된 후에 다녀야지 하던 상급학교의 공부가 좌절된 후 공부보다는 지역단체의 교양강좌나 문화센터의 수강 쪽으로 방향을 틀었지만 그 역시 시간과 돈이 소모된다는 이유를 변명 삼아 공짜 강의나 듣는 아줌마 부대로 편승했다.

아직 내 머리카락에 검은빛이 남아있던 시절이다. 특별한 문화 시설이 없는 시골 지역의 농협은 그나마 농민들의 관심을 끄는 봉사 행사로 연중 혹은 분기별로 'ㅇㅇ교양강좌'라는 명목으로 농민들의 갈증을 달래주는 역할까지 했다. 그런 강좌가 들어오면 인원이 모일 때까지 공고를 했다. 각 마을에서 시간적 여유 있는, 생활에 주름을 편 주민 또는 이름이나 얼굴을 알리고 싶은 사람들이 약간의 끗발(?)을 세우던 자리여서 인기가 높았다. 나도 동네 파마머리 아낙들과 신청을 하고 오후에 배정된 시간에 맞춰 자리를 잡고 앉았다. 처음 몇 번은 집중하며 듣던 강의가 내가 알고 있는 상식의 정도로 엇나가면 재미가 없어진다. 더 면구스러운 일은 손녀들 어린이집 보내고 집 앞 밭에서 오전 내내 호미 들고 혹사시킨 온몸이 등받이 의자에서 자꾸 졸음을 쫓아가는 것이다

아들 내외가 야근이라도 하는 날이면 아이들 보느라 잠을 설친 눈꺼풀이 더 무겁다. 창피하고 남세스러워 눈을 까뒤집어 집중을 해도 어느새 감기는 눈꺼풀, 세상에서 가장 무거운 게 눈꺼풀이라는 속담이 내게 꼭 맞는 말이다. 유명하다는 교수가 강단에 서고 지역 인사들과 강당을 가득 메운 수강생들이 교수님의 강의에 젖어 드는 시간, 십여 분을 버티던 내 의식은 가물가물 무아경을 향해 눈을 감는다. 그런 순간 환호와 박수 소리에 정신을 차리고 보면 꼭… "라고…" 하는 인용사가 귀청을 울려댔다. 무슨 내용을 들었는지 기억에도 안 남는다. 그럼에도 남는 "라고…"라는 언어…, 나보다 나이 어린 교수님께는 죄송하지만 석 달을 한 주일에 두 시간씩 여러 강사님께 배운 강의 중에 이 '라고'가 가장 인상적인 언어였다.

…라고만 남아서

　그나마 農心의 허리를 잡고 있는/ 지역농협 연례행사에는/ 파마머리 물들인 한물 간 아낙들이/ 이름 석 자 밭두렁에 묻기 싫어/ 끼리끼리 단골로 찾아드는데// (중략)

　숨소리 죽인 아낙들의 거룩한 시선을 받으며/ 유창한 생의 경전을 읊는 교수님 말씀이/ 밤잠 설친 내 귓전에는/ 졸음을 부르는 최면처럼 달콤해/ 깜빡깜빡 눈꺼풀이 보초를 서는 초복날

　하필이면 교수님 말씀 중간중간/ 걸어 나와 한 옥타브 높인/ …라고,/ …라고,/ 인용어를 강조하는 소리만 주워들은/ 知天命 도로아미타불의 공염불

- 시집 『우리 집 마당은 누가 주인일까』(2005)

　이제는 모든 게 넘쳐난다. 공짜로 배울 것도 많고 취미대로 배우고 싶은 온갖 지식이 읍내는 물론 동네 마을회관까지 현수막이 걸릴 정도다. 배움에 나이가 없다는 말, 사람마다 다르겠지만 나에겐 허구의 경전이다.

　그럼에도 또 시내의 관청에서 모집하는 시민기자단* 매력은 속절없이 나를 유혹한다. '인생칠십고래회'가 남의 일이라 여기고 접수를 했다. 심사에 합격되었다는 통보다. 이게 뭔 노욕일까, 망설임과 도전심이 함께 싸운다. 글쎄 잘 할 수 있을까. 날고 기는 젊은 청춘들에게 민폐는 물론 뽑아 준 관청에 관폐가 되는 늙은이가 되면 안 되겠지 하는 맘으로 컴퓨터 앞에 앉아본다. 하지만 캄캄한

인터넷 화면에 '아이구, 내 팔자야!' 비명과 한숨이 절로 나와 손녀딸을 부른다.

* 광주시 6기 sns 시민기자, 광주시 3, 4, 5기 도시재생시민기자

그 소년이 온다

나를 할머니로 부르는 아이가 있다. 집안 조카의 아들이다. 어린 시절 불우한 환경에서 자랐지만 청년기를 지나며 인생 2막을 자기 계발로 멋진 능력을 인정받는 조카는 든든한 나의 배경이 되어주는 고마운 사람이다. 무심히 조카에게 안부 전화를 걸었다가 나는 망연자실했다. 병원에 조카의 막내아들을 다시 입원시켰다는 가슴 아픈 소식을 들어서다. 신경정신과 병동을 제집처럼 십여 년이 넘게 전전하는 조카의 아들, 이제는 청년이 된 아이다. 생각만으로도 먹먹하고 막막하다. 어디서부터 시작된 불행일까.

오래전, 그는 우리 집으로 '할머니'를 부르며 드나들던, 한창 꿈을 키우던 사춘기 청소년이었다. 그 소년의 불행 시작은 중고등학생 시절 동급생들의 '왕따'와 학교폭력이 원인이었다. 왜소한 체격에 사교성 또한 미달인 소년은 같은 또래들의 따돌림, 온갖 폭언과 폭력에 대처하지 못하는 소년이었다. 생업에 바쁜 조카 대신 '착하다'는 꼬리표를 달고 다니는 제 엄마가 대처하기에 학교나 사회단체 어디에서도 '학폭'이란 학교생활의 일부로 치부하며 오히려 피해자에게 문제를 떠넘기던 분위기였다. 소년은 견디기 힘든 고통도 스스로 참았으리라. 뭔 문제가 있구나 짐작했던 그 소년이 어느 날부터 보이지 않았다. 이상하다고 생각은 했지만, 병원에 다녀야 할 정도로 상태가 심각함은 알지 못했다.

초등학교 시절에는 너무나 멀쩡했던 소년이다. 청소년으로 성장하면서 학폭 가해자들의 괴롭힘과 폭력을 견디지 못해 결국 학교를 자퇴하고 격리된 생활을 해야 했던 고통은 누구의 잘못일까. 학교와 병원을 드나들며 항의하러 다니는 아버지였으나 교묘한 방법으로 괴롭히는 아이들의 족쇄에서 소년은 점점 피해망상과 고통의 나날을 견디지 못해 자퇴의 길에 들어섰다. 지금처럼 학교폭력에 대한 학부모들의 강력한 반발이나 학교 측의 관심도 없고 또 항의를 해도 전학 정도의 징계로 마무리되던 소읍 내의 중고등학교, 소년은 어디에도 하소연할 방법이 없었다.

학교에서 고립된 소년은 사회에서도 견딜 수 없다. 비행이라는 날개에 편승해 자신의 왕국을 꾸민 소년의 캄캄한 활주로에는 덫만 놓여 있었다. 그 덫을 치우고 해결하는 몫은 부모의 책임이었고 결국 병원에 가둬야 했던 소년이다. 형편이 어려운 가족이 감당하기에는 너무도 벅찬 병원비, 그래도 희망의 끈을 놓지 못해 여러 곳의 병원을 드나드는 끝나지 않는 전전, 온전한 정신이 아닌 자식을 보살펴야 하는 가족도 소년과 함께 끝없이 고통과 불행이 반복되는 생활이다. 별 보고 일어나 별 보고 들어오는 노동자 아버지는 대형트럭으로 전국에 건축자재를 실어다 주는 직업으로 어머니까지 모신 일곱 식구의 밥벌이 가장이었다. 소년의 엄마는 착하고 평

범했다. 일 중독 아버지, 보호막이 되어주지 못하는 엄마, 소외의 그늘 장막에 갇힌 소년이 마을과 이웃에서 비행소년으로 자주 오르내렸다.

대책 없는 절망이 깊어지면서 가족의 불화는 덤이었다. 병원치료와 병행한 심리치료와 보호가 충분히 합산되었다면 다시 예전의 소년으로 돌아갈 수 있었을 것이다. 그러나 가족의 능력이 결여된 소년은 결국 사회와 집에서 격리된 곳으로 떠났다. 지금 시대라면 사회적 지탄으로 학교폭력은 범죄나 다름없다. 영악하지 못한 부모는 아이의 심리치료와 미래를 헤아리지 못했고 아이는 현실에서 도피하는 방법으로 사회를 배척했으리라.

그 소년의 사회

청년이 온다

소년이 온다

거실의자를 차지해 돌아갈 줄 모르는/ 스물일곱 살 불안이 핏발 세운 청년과/ 친족이란 혈연으로 불편을 줄다리기하는/ 낯익으면서 낯선 너와 나 사이

산 그림자 너머 은빛 섬광을 긋는 전투기 편대/ 그 굉음에 놀라 발작을 일으키는/ 어린 소년의 병력은 학교폭력이었다

친구가 짓밟고 학교가 버렸고 세상에서 잊힌/ 소년은 자신이 세운

비행왕국에서/ 과거에 빙의되어 늘 아슬아슬한/ 비행을 시작했지만/ 늘 정상궤도 진입에 불시착하던 무관심의 거리

홀로 고립된 세상에서 식물인간이 된 소년이 먹어치운 폐기물이/ 드럼통처럼 비만을 키운 공간은/ 아무도 갈 수 없는 고립무원의 황무지라고

청년이 된 소년은 하룻강아지보다 더 천진하지만/ 부메랑처럼 돌아오는 상처와 부채 감당이 안 돼/ 치유를 포기한 부모 몰래/ 가끔씩 병동을 벗어나는 청년

담배 살 돈 쥐어주며 미안하다 빗장을 잠그는/ 변절의 시대, 그 소년의 새가슴을 향해/ 소리 없이 총을 겨누던/ 세상의 모든 가해자들
　　　　　　　　　　　　　- 시집 『바람이 해독한 세상의 연대기』(2021)

어느 날 마당의 풀을 뽑는데 불쑥 들어서며 "할머니" 하는 낯익은 듯 낯선 청년, 그 정체를 알아본 순간 경악이 절로 터졌다. 조카의 아들이었다. 소년의 모습이 사라진 고도비만의 덩치 큰 드럼통 같은 청년이 헤벌쭉 웃는 낯선 모습, 반가움보다 먼저 두려웠다. 또 '무슨 사고를 치지 않을까' 걱정스러웠다. 내 기우임에도 사회의 모든 관습을 잊어버린 청년이 된 소년이 거실 소파를 차지하고 히히 웃는 모습은 혈연이란 인연을 떠나 너무 가슴도 아팠다. 담배 살 돈 달라고 떼쓰는 청년, 지능이 어린아이 수준으로 퇴보한 이 청년이 사회로 귀환할 수 있을까. 불가능한 일이다. 그렇게 몇 번을 찾아온 새파란 청년의 병력과 대책 없는 앞날은 친족의 인연에

서도 버거운 존재였다. 누가 이 소년 아니 청년을 이렇게 만들었는가. 소년이 불시착한 사회와 병원에서 오직 돈벌이용으로 전락한 청년, 내 자식이었다면 아니 당신이나 사회의 자식이었다면 이렇게 천진난만한 어린아이의 정신연령 수준으로 퇴화하는 것을 방치했을까. 나만 살겠다고 아니 내 직계가 아니란 이유로 외면한 이 비겁한 인연이 다시는 너에게 상처가 되지 않기를….

　그 청년이 석 달쯤 집에 머물다 결국은 다시 모처로 갔다고 한다. 전생의 악연이 자식으로 태어난다는 맘에 없는 말로 위로를 하고 나니 조카의 가슴에 소금 한 사발 부어준 듯 내 가슴도 쓰리다. 한 청년의 삶이, 평생이 송두리째 짓밟힌 이 대책 없는 사회의 죄악은 누가 벌할 것인가? 지금도 심심찮게 뉴스가 되는 학교폭력, 후배나 동급생에게 친구들이 가하는 따돌림과 폭력은 상상을 뛰어넘는다. 그런 뉴스를 볼 때마다 소름이 끼친다. 내 손자녀들이 크는 가정과 학교가, 부모와 친구가 내 자식이라는, 내 친구라는 믿음으로, 우정으로 어울려 살아가는 세상은 요원한 바람인가. 아, 오늘도 무거운 시간이 지나간다.

선善, 치사량의 눈물

善, 치사량의 눈물 - 강석이 씨 -

골이 깊으면 사람도 순한가, 십여 리쯤 오르는 막다른 산골짝에서 이순에 가까운 세월을 농사일 하나로 생을 버텨온 마음의 선한 무늬 드러내지 않아도 저절로 경계가 풀어지는 무른 호박처럼 껍질도 속도 허물어지는 착한 석이 씨가 오늘은 일손 놓고 남도 길 바닷가 꽃구경 가는 국민학교 동창들 부부 나들이 함께 간다네.

善도 때로는 치명적인 毒이 되는 것을 너무 착해서 신물이 난다고 입버릇처럼 말하던 그 아낙의 몇 해째 들며 나는 살림살이에 겨운 시름들이 몇 잔 술에 무너져 내린 석이 씨가 흐느적흐느적 춤을 추네. 세상사 닳고 닳은 동창생들 앞에서 온몸이 어릿광대가 되어 하염없이 춤을 추네.

지칠 줄 모르는 자폐아처럼 무방비의 굴종을 덧붙이는 슬픔의 춤 눈물의 춤이 흐느끼네. 하루가 다 가도록 석이 씨가 쏟아내는 무지렁 이 춤에 감염되어 남도 길 바다가 춤추고 동백꽃이 춤추고 나도 춤을 추네.

- 시집 『우리 집 마당은 누가 주일일까』(2005)

어느 해 1945년생 해방둥이 출신들과 전후 나이의 국민학교를 같이 다닌 동창생들이 부부 동반으로 관광버스 여행길에 올랐다. 다달이 갖는 동창 모임과 별도로 일 년에 한 번 가는 관광 나들이다. 도시로 나간 친구들과 고향의 친구들이 부인과 함께 모여 모처럼 콧바람을 쐬는 날이 그날이다.

지금처럼 관광버스 안에서 음주 가무가 금지되기 전, 달리는 버스 안은 무대가 되고 도로는 펼쳐 놓은 멍석이 되던 시절이었다. 도시든 시골이든 부녀회가 조직되어 있거나 청년회 등에서 가는 관광여행에서도 빠질 수 없는 오락이 노래와 춤이었다. 관광 날만 기다렸다는 듯 버스를 타기 무섭게 흔들어 대서 일명 '관광버스 막춤'이라고 부르던 가무는 어중간한 중년 아낙들이 가장 선호하는 춤판이기도 했다.

해방 무렵에 태어난 분들은 이제는 칠순 중반을 넘긴 노인네로 가장 힘든 시기에 국가 경제에 몸 바친 어르신들이다. 그런 친구들이 모인 시골 국민학교 동창생들은 도시로 떠나 출세를 하기도 하고 고향 지킴이로 남아계시는 분들이 한마을에서도 몇 명씩은 있다. 어느 해 봄바람 날 남편 동창들과 부부동반 관광을 떠났다.

남해안을 다녀오는 여행길, 동창생 중에도 어린 시절을 함께 보낸 초등학교 깨복쟁이 친구들이 가장 재미있다고 한다. 그런 친구들이 탄 버스 안이 조용할 리 없었다. 술잔이 돌고 각자 아끼는 노래가 한바탕 휘젓고 나면 으레 무대가 펼쳐진다. 트로트 노래가 쉴 새 없이 분위기를 띄우는 버스의 좁은 통로는 이미 분위기를 탄 아낙네들의 막춤이 바닷길까지 이어질 판이었다.

집에서 권위를 세우는 가부장적 남편의 눈치를 볼 일도 없고 해방된 기분으로 풀어내는 그 춤판에 그야말로 박장대소할 새로운 춤이 등장했다. 석이 씨가 추는 흐느적 춤이었다. 몇 잔 술에 무너진 석이 씨가 뼈 없는 춤의 신기에 가까운 기량으로 선보이는 춤, 흔들, 흔들, 흐느적이는 그 춤은 석이 씨만의 무아경이었으며 멈출 수 없는 본능의 분출이었다. 정신 이탈의 경지에 오르면 저런 춤이 추어질까. 슬픔과 기쁨과 허무가 배어 있는 지칠 줄 모르는 춤에 감염되어 나도 남편의 눈총을 받으면서도 저절로 흔들리는 몸의 막춤을 멈출 수가 없었다. 그렇게 그날 온전히 그분의 흐느적 춤은 아낙들의 막춤과 어울려 천 리 길을 달렸다.

우리 마을에서도 십여 리쯤 가야 막다른 골짜기에 다다르는 깊은 산골에 사는 석이 씨였다. 남편이 너무 착해서 신물이 난다고 윗마을 방앗간에서 간혹 만나는 그분의 아낙은 늘 불만이었다. 행동이나 얼굴에 '나는 착한 사람' 이라는 명패를 달고 온 표정부터 타고난 석이 씨는 예전 우리 가게의 단골손님이기도 했다.

그 먼 곳에서 가끔씩 친구들을 만나러 내려오면 온정신으로 귀가하는 모습을 볼 수 없을 정도로 술을 좋아하는 분이었다. 그런 모습으로 다니는 석이 씨를 어느 동창이 반길까. 노골적으로 무시하고 싶어해도 '친구' 라는 인연의 끈을 너무 소중히 간직한 분이었다. 먼 남도 길 바닷가 파도가 춤추는 해변에서도 석이 씨의 춤은 흐느적이며 이어졌고, 급기야 친구들에게 원성의 대상이 되어 귀가하는 내내 한 잔 술도 얻어먹지 못하는 지경까지 되었으나 그 무지렁이 춤만은 아무도 막을 수가 없었다.

옛말에 '착한 사람이 복을 받는다'라고 한 것도 유통기한이 지난 옛말이다. 착함은 오히려 그 선善을 이용하려는 사람들의 돈벌이 수단으로 전락해서 석이 씨도 전답을 팔아 타향에 장만했던 땅이 사라졌다는 풍문이 돌았다.

몇 년 전부터 남편이 가던 동창회는 사라졌다. 호적을 하늘나라로 옮긴 친구들이 많다 보니 자연 해체된 동창회다. 부부 동반 관광도 버스 안의 무대도 먼 옛날의 추억으로 사진첩에서나 찾아본다. 달리는 버스 안의 춤판과 노래방이 관광비보다 비싼 벌금으로 부과되는 현실에서 누가 고성방가로 도로를 누비는지 도로 위의 CCTV가 스물네 시간 감시한다.

세월에 편승해 동창회가 사라지고 깊은 산골짝 할아버지로 불리는 석이 씨를 못 본 지 오래됐다. 새봄에 그 골짝으로 나물을 하러 가면 주름 깊은 착한 분을 만나려나, 혹시 나를 못 알아봐도 괜찮다. 그곳은 그분의 고향이니까.

꽃으로도 때리지 말라*

부모가 태어난 지 한 달도 안 된 핏덩이 어린 자식을 죽였단다. 젖 먹이고 껴안아 줘야 할 엄마는 제 아빠가 때리는 그 어린 생명을 죽거나 말거나 바라만 보았단다. 가슴이 찢어진다. 잘 돌봐 달라고 동생 내외에게 맡긴 딸아이는 이모 부부의 장난감이었다. 욕조 물에 넣어 어느 정도 물을 먹으면 숨이 멎나 시험하는 열 살 '마루타' 인형이었다. 1987년 물고문에 못 이겨 죽어간 박종철 열사처럼 입으로 코로 들이켠 물의 무게, 죽음의 무게, 심장이 벌렁벌렁 뛴다. 토해내야 사는데 어린아이는 그럴 수가 없었다. 악의 유령들이 현대판 시소 놀이를 하는 주검의 무대가 실존했다.

한국 엄마들의 눈물이 멈추지 않았던 계모의 학대, 2020년 코로나로 학교가 자주 교실 문을 닫을 때 계모는 아홉 살 아이가 미워 미치도록 게임을 했다. 아이를 여행용 가방에 넣고 거구의 새엄마는 가방 위에서 악마의 춤을 추었다. 그전에도 그런 일이 있었고 아이는 견뎌냈다. 그러나 아이를 더 조그만 가방 속에 처넣은 계모는 일곱 시간을 밖으로 돌았다. 아이가 다시 게임에 이기면 재수

없다고 여겼다. 뼈 부서지며 숨쉬기 어렵다는 아이 입에 살이 익으
라고 숨결도 익으라고 드라이기 뜨거운 바람을 불어 넣었다. 끝내
새엄마가 이겼다. 아이를 죽인 새엄마가 22년 옥살이가 너무 무겁
다고 항소했단다. 국민청원이 빗발치는데 왜 사형은 못 시키나, 검
찰도 22년이 너무 가볍다고 맞항소를 했단다. 사형제도는 왜 부활
을 못 시키나, 이렇게 자식을 쓰레기처럼 버리고 죽이는데.

태어난 지 여드레 만에 어미에게 버림받은 정인아, 온 국민을 울
린 정인아, 양의 탈을 쓴 새 부모는 어린 네가 받는 보육비를 욕심
냈다. 때리고 굶기고 어른도 견디기 힘든 온갖 구실로 너를 학대하
며 사진 찍어 세상에 알리고 즐기는 게 그들의 취미였다. 어린이집
신고에도, 보육 기관 신고에도, 별별 핑계와 거짓으로 변명한 그들
은 가만히 벌만 받으면 안 된다.

병원에서 학대가 의심된다고 했다. 경찰에 신고해도 무용지물
인 너를 안고 그들은 뻔뻔하게 다정한 가족으로 웃지 못하고 먹지
못하는 너를 안고 TV에 나왔다. 인간이 그토록 비정한 동물이다.
온몸의 뼈란 뼈가 다 부서지고 파열된 뱃속이 뭐를 먹었겠니, 웃지
도 울지도 못하다가 아사 직전의 몰골로 '췌장 파열 절단 후두부
쇄골 대퇴골 골절' 등 이루 말할 수 없는 진단명으로 하늘로 간 정
인아, 우리 인간을 용서하지 말아다오. 어린 네가 가는 길에 온 국
민이 용서해 달라며 울었다. 다시 태어나도 꽃으로도 때리지 말라
고 모두가 빌었다.

그러나 인간이란 아, 아, 나부터 누군가에게 미움의 싹을 키우는
짐승이다. 칠곡에서는 열다섯 살 딸을 아빠가 때려죽였다. 한겨울

발가벗겨 계모의 락스 세례를 받고 목욕탕에 갇혀 있던 아이가 죽자 친부와 계모가 몰래 암매장까지 했단다. 얼어 죽기까지 얼마나 쓰라리고 추웠을까? 세상이 왜 이러나, 절망은 끝이 없고 어린 너희들은 자꾸 죽는다. 게임에 미쳐서 자식을 죽이고 저 살기 힘들다고 목 졸라 죽이고 어린 딸의 열 손가락 뜨겁게 달군 프라이팬에 지진 계부도 있단다. 딸의 아이와 바꿔치기한 엄마가 석 달 동안 굶어 죽으라 방치한 아이도 죽었다.

이 하늘이 벌을 내릴 인간들을 끝끝내 잊지 말거라. 석삼년 너희들을 부르며 용서를 구하겠다. 하지만 할미도 너희 같은 아이를… 한순간 하늘나라로 보냈다. 무슨 염치로 무슨 말로 너희 영혼에 위로를 하랴. 할미도 용서하지 말아다오. 오늘은 쓰라린 가슴으로 하늘의 천사가 된 어린 너희에게 고이 접은 시 한 편 올린다. 하늘에서도 아프지는 않을까 걱정이다. 할미가 대신 아파주겠다. 하늘의 어린 별들아.

꽃으로도 때리지 말라

죄 없는 어린것들이 또 숨을 거둔다/ 엄마는 방관하고 아빠는 때리는 조그만 핏덩어리/ 29일 만에 세상을 떠난 가련한 아기야/ 엄마가 네 보육을 맡긴 이모 내외가/ 욕조 물에 머리 넣어/ 하나 둘 셋 놀이하며 익사시킨 열 살 소녀야/ 서너 뼘 좁은 여행 가방에 갇혀 나오지 못하고/ 후후 뜨거운 바람 불어넣으며/ 아홉 살 소년이 엄마라고 부르던 계모는/ 네가 미워 술 마시며 망나니 춤을 췄다/ 죽음이 탈출구였구나, 세상을 용서하지 말아다오 태어나서 8일 만에 버림받고 새 부모를 만난 아기야/ 그 집에서 열 달 동안 웃는 법을 잊은 16개월 된/ 양부모가 장난감처럼 던지며 때리던 아기 정인아/ 부서진 늑골 너무 아파 웃거나 울지도 먹지도 못하고/ 의사와 어린이집의 세 번의 학대 신고에도 외면한/ 경찰과 사회가 죽으라고 버린 정인아

락스를 뒤집어쓰고 죽어간 아이/ 칠곡에서 매 맞아 죽은 아이/ 게임에 미친 아빠가 때려죽인 아기/ 살기 힘들다고 두 아이 목 졸라 죽인 엄마/ 모두 사람이 아니다 짐승도 아니다/ 열 손가락 프라이팬에 지진 계부 피해서/ 옆집 창문 열고 도망친 아이야/ 굶겨서 때려서 가스 배관 타고 부모에게서 도망친/ 한국의 아이들아 죄 없이 죽어간 너희가 하늘이 되다오

온 국민의 가슴에 비탄과 슬픔과 분노를 안겨 준/ 부모의 인두겁을 쓴 인간들과 사회의 무관심이/ 하늘로 데려간 수많은 아이들아 결코 용서하지 말아다오/ 하늘이 무섭다는 천벌이라고 부르는 벌을/ 만고의 진리를 너희가 내려다오

— 시집 『바람이 해독한 세상의 연대기』(2021)

차마 적나라한 문구로 이 시를 써야 했을까 자괴감이 짓누르던 문장들이다. 언론 보도로 알려진 인간들의 잔인성에 이럴 수는 없다고, 가장 무서운 게 인간이라고 뉴스를 보며 경악하게 한 어린 생명은 다 어디로 갔을까. 잊히기도 전에 또 벌어지던 사건에 분노하고 눈물로 배웅한 수많은 어린 별들은 왜 하늘로 가야 했는가, '꽃으로도 때리지 말라'는 경고가 온 국민의 가슴을 비탄으로 적

시던 눈물이다.

* 꽃으로도 때리지 말라 - 김혜자 씨의 말

낯선 죽음 앞에서

고소득 시대로 선진국 대열에 올랐다는 국가와 개인의 자존심 때문일까. 한창 일할 젊은이들이 힘든 일이라면 기피하는 현상을 외국인으로 대체하면서 생긴 신직업 풍속도에 정말 많은 외국의 젊은이들이 대한민국을 찾았다. 시골의 농장과 공장이 외국인 근로자 없이는 생산이 어려운 실정은 어제오늘의 일이 아니다.

그들은 이미 많은 외국인 근로자가 다녀간 곳에 가족을 위해 돈을 벌고자 낯설고 물설고 언어가 안 통해도 우리나라를 찾아오는 근로자들이다. 자신의 나라보다 노동의 대가를 많이 지불하는 우리나라 어디든 동남아인과 러시아연방 국가에서 취업비자로 건너온 노동자들이 대부분을 차지하는 시대다. 비교적 농촌 성향에 가까운 우리 마을도 동남아인부터 러시아인, 아프리카인 등 여러 대륙에서 취업비자로 온 노동자들이 많다.

고국을 떠나 머나먼 타국에서 뜻하지 않게 죽음을 맞은 낯선 주인공은 우리 마을로 흘러 들어온 몽골인 남성 불법 체류자였다. 지금은 자국에서 발행한 취업서류가 있어야 직업을 얻을 수 있고 사업체에서도 받아준다. 불법 취업과 불법 체류는 법으로 처벌된다. 예전과 같은 불법 체류자가 엄청 줄어들었다. 처벌이 두렵고 발각되면 사업주까지 불이익이 돌아가니 쓸 수가 없는 불법 체류자, 그들이 음지로 스며들어 돈 버는 것은 불가능한 시대다.

십여 년 전 취업비자가 만료되어도 고국보다 불법으로 귀국을 미루며 취업해 돈을 벌려는 외국인이 많았다. 임대료가 싼 두서너 평 방에 몸을 숨긴 외국인들은 상대적으로 떳떳하지 못했다. 그래서 사업주들도 임금을 깎고 교묘한 방법으로 불법 체류자를 이용했다. 신분이 불법인 것을 아는 이웃의 신고로 발각되거나 혹은 자신의 조국 동료들에게까지 협박을 당해도 꼼짝없이 당하는 처지의 외국인도 있었다.

마을에서 갑자기 숨진 외국인도 이름을 몰라서 주민들이 "몽골" 하고 부르던 사람이었다. 그 사내는 허름한 농가에 셋방을 얻어 살았다. 사랑채 방 서너 개를 살림방으로 개조해 세놓아 노년의 생활비로 쓰던 농가였다. 값싼 방을 얻어 사는 그 사내도 불법 체류자였다. 덩치가 곰 같고 힘이 셌다. 그 사내는 주변이 농사를 짓는 이웃들이어서 쉬는 날이면 이웃들에게 힘으로 인심을 베풀었다.

일정한 직업을 가질 수가 없었던 그는 인력사무실에서 힘든 곳의 인부로 보내는 일이 다반사였다. 그래도 일이 많으면 다행인데 악질인 사업주는 그의 노동력을 헐값에 매수해서 부려먹고 감독관이 뜨면 내보내는 식으로 교묘하게 이용한다고 했다.

주민들이 도움을 준 사내에게 밭에서 키우는 채소를 주기도 했고 얻어먹은 보답으로 사내는 가끔 그들 나라의 주식인 빵을 주기도 했다고 한다. 장작 아궁이에서 정성스럽게 구워내던 길쭉한 큰 빵은 구수한 냄새와 달리 맛이 없는 무미건조한 빵이었다. 그 빵처럼 늘 입가에 푸석한 웃음을 달고 사는 사내였다고 한다.

어느 날 기척이 없어 방문을 열어보던 주민이 엎어져 있는 그를 봤을 때 이미 황천길에 들었다는 몽골 남자, 너무 놀란 이웃 주민의 전화를 받고 달려갔지만 나 역시 경찰에 신고하는 것 외에는 대책이 없었다. 더구나 그는 불법 체류자였다. 경찰과 구급차가 달려오고 이 대책 없는 외국인의 주검에 아주 난감해하는 경찰을 대신해 외국인을 보호하는 단체에서 달려와 시신을 수습해 갔다.

우리나라 국민도 기회의 땅이라는 아메리카 대륙을 향해 '아메리칸 드림'을 꿈꾸며 태평양을 건너던 시대가 있었다. 얼마나 절실했던 생존방식의 십자가였을까. 그 결과로 전 세계로 진출한 우리나라 국민의 근면성은 세계에서 인정하게 됐다. 지금은 힘든 일을 기피하는 현실에 가난한 국가의 노동자들이 '코리안 드림'을 꿈꾸며 몰려오는 시대가 됐으니 세월의 격세지감이다.

외국인 노동자가 늘어나는 수만큼 조국의 젊은이들이 일할 곳도 일자리도 좁아진다. 대학을 나와도 스펙을 쌓아도 취업할 곳이 없다고 한다. 아르바이트나 배달기사 일용직으로 용돈이나 생계를 꾸려간다는 현실이다. 코로나가 가장 큰 원인이라지만 우리나라가 너무 일찍 샴페인을 터트렸다고 질타하는 소리까지 다양하다. 우리 세대는 열심히 일하면 잘 사는 줄 알고 몸 사리지 않았다. 돈을 벌고 집을 장만하고 자식들 공부시켜야 떳떳한 부모 노릇을 하는 줄 알았다.

　요즘 젊은이들은 부모의 경제지원에 따라 '금수저'와 '흙수저' '무수저'로 신분 차이를 나누거나 '3무 3포'라고 하는 요상한 시류에 스스로 청운의 푸른 꿈을 비관하듯 내려놓는 현실이 다반사다. 자식 잘되라고 헌신한 부모 세대와 갈등의 괴리가 커지는 이유다. 꿈꾸고 실현하는 힘은 요원한 것이 아니다. '하늘은 스스로 노력하는 자를 돕는다'고 하는 속담도 있지 않던가.

　　어느 불법 체류자의 죽음

　몽골 사내가 죽었다 어제만 해도 속 빈 강정처럼 부스스 웃던 사내가 생의 모진 허접을 벗어 놓은 편안한 모습으로, 곰팡이가 얼룩 꽃 핀 두 평 사글셋방에선 어떤 음모나 혐의도 발견되지 않았다

　구급차와 경찰차가 경쟁하듯 달려오고 서랍에서 찾아낸 심장약과 혈압약으로 추정한 심장마비로 설정을 하고 나자 시신의 처리가 문제였다 그의 힘을 빌리던 이웃들도 차갑게 외면하는 불법 체류자, 사내는 대한민국에서 숨어 사는 존재였다

　고국에 두고 온 노모와 꽃 같은 아낙과 어린 두 아들을 위해 더 많은 돈을 벌기 위해 힘겨운 노동의 무게를 지려 했으나 그를 고용했던 업주들은 교묘하고 냉담했다 값싼 일용직에도 한국인의 눈길에도 살벌한 두려움과 동거했던 칭기즈칸의 후예,

　외국인을 보호하는 교회의 목사가 오고 나서야 몽골의 대초원에 풍장 되었을 그의 영혼이

　코리안 드림을 꿈꾼 아득한 벼랑 끝에서 한 줌 사리로 바다를 건넌다
　　　　　　　　　　　　　　- 시집 『울음소리가 희망이다』(2014)

코리안 드림을 꿈꾸며 몽골 초원의 광야를 달리던 그의 몽골 기질은 더 많은 돈을 벌려는 욕망으로 불법 사슬에 걸려 주검으로 사라졌다. 인간사회의 마지막 주검을 드넓은 고원 바람에 의해 독수리가 하늘로 올려다 놓는다는 풍장이 그 나라 장례 풍속이다. 그 남자가 꿈꾸던 미래도 희망도 삶도 다 사라지고 유해만 인도양 바다를 건너 사랑하는 가족의 오열 속에 잠들 것이다. 인종을 초월해 고인의 명복을 빌던 목사님의 간곡한 기도문이 그의 내세를 평안케 하리라.

양 반장은 이 사회의 엑스트라였다

고故 김용균 씨는 태안 한국서부발전㈜의 하청업체인 한국발전기술의 계약직 노동자였다. 2018년 12월 10일 한국전력에 입사를 꿈꾸던 스물네 살의 청년 김용균 씨는 경험을 쌓기 위해 위험한 하청 용역 일까지 하러 갔다가 석탄을 실어 나르는 컨베이어 벨트에 걸려 홀로 숨을 거둔다.

청춘이란 아름다운 희망을 건 스물넷 나이였다. 그는 경험하지 않아도 될 노동일을 자원한 용감한 대한민국 청년이었다. 아무도 곁에 없는 캄캄한 지하 내부 석탄 더미를 실어 나르는 통로에서 핸드폰의 불빛에 의지해 기계를 점검하고 불순물을 쓸어내리던 성실한 청년이었다. 지금은 잘 쓰이지 않지만 고단한 삶을 산 인생의 마지막을 막장 인생이라고 표현하기도 한다.

그 청년이 다다른 곳은 인생의 막장이 아닌 수많은 노동자가 생계를 이어가는 석탄 탄광의 맨 끝에 있는 마지막 굴의 기계였다. 청년이기에 '젊어서 고생은 돈 주고 사서 한다' 라는 생각을 품었으리라. '경험이 자산이다' 라는 격언도 용기를 내는 문장이었으리라.

그렇게 끝내는 돌아올 수 없는 길을 그 청년은 외롭게 가야 했다.

그가 그렇게 열악한 근무환경에서 숨지고 난 후 한국 노동조합과 정부에서는 당장이라도 노동자를 위한 법을 만들고 비정규직 노동자를 정규직으로 전환하는 방법 등을 모색하는 발표를 했다. 수많은 노동자들이 작업장에서 안전하게 활동해야 한다는 취지였다. 사업주도 정부도 비정규직 노동자들에게 정규직의 전환과 위험이 제거된 산업현장의 안전을 약속하는 그런 분위기였다.

하나뿐인 아들을 잃은 김용균 씨의 어머니는 사망 2주년에 초청된 TV 화면에서 눈물로 그날의 슬픔을 되새기며 다시는 이런 일이 일어나지 않기를 바라는 심정을 밝혔다. 새파란 한 청년의 죽음이 사회의 문제로 야기되어 법이라는 용어에도 그의 이름이 등장한다면 한국민과 기업의 안전불감증은 좀 더 나은 환경과 대우를 받을 것인가. "떨어져 죽지 않기"라는 해괴한 공적 광고도 등장했다. 처음부터 안전하게, 나중에라는 핑계와 후회가 없게 현실에서 더 안전한 사업장을 만들라는 경고다.

지구상에 단 하나뿐인 우리의 생生, 삶이 그런 위험한 현장으로 내몬다. 안전하지 않은 작업장에서 누가 목숨을 내놓고 일하겠는가, 그런데 일반인의 처우가 이럴진대 장애인의 삶은 조명은커녕 천대와 멸시 그리고 외면으로 그냥 사회 그늘의 엑스트라로 사라지고 만다.

우리 마을에 '양 반장'이라고 불리는 정신지체 장애인이 살았다. 공장일이 힘들다고 소문난 곳에 흘러든 분이셨다. 오리걸음에 심한 말더듬까지 출현만으로도 놀림감이 된 분이 양 반장이다. 마을에서 십여 년 이상을 함께 살았지만 성만 '양씨'로 알아 바보 양 반장으로 통하던 분이었다. 양 씨는 덩치도 좋고 힘깨나 쓰는 분이었으나 정신연령은 예닐곱 살 수준이었다. 어눌하게 더듬거리는 말, 남녀 구분이 없는 옷차림으로 온 동네를 주름잡는 코미디언이 그분이었다.

그분은 식품공장의 단순하고 힘든 일, 주로 물건을 들어 나르거나 트럭에 싣는 일을 하셨다. 밥 먹여주고 방세 주고 술 사주는 정도가 공장이 지불하는 그분의 노동의 대가였다. 직원이나 주민들에게 늘 싱끗 웃는 웃음이 바보스러움을 코믹하게 보여주는 분, 삶이라는 무대의 한 단면에 잠시 등장했다 사라지는 엑스트라가 그분이었다. 그분은 우리 가게 막걸리 단골손님이기도 했다. 우리가 가게를 접고 나서는 까맣게 잊힌 인물이 양 반장이다.

양 씨가 다니던 공장이 팔렸다고 했다. 어디서 살았을까, 어느 날 그분이 우리 집을 찾아왔다. 세상에나! 〈세상에 이런 일이!〉에 나올 법한 모습이었다. 까치집 서너 채 머리에 인 모습, 헌옷 수거함에서 꺼낸 진분홍 여성 외투를 걸친 채 한창 유행인 코미디 프로 〈개그야〉의 주인공 거지꼴이었다. 당시 남편이 마을이장이던 우리 집으로 먹을 쌀을 얻으러 왔다고 했다.

양 반장

자칭 타칭 양 반장으로 불리길 좋아하는 양 씨가 더듬더듬 더듬으며 머머먹그을 싸싸리 떠떠러져겠는데 … 이이자장니미 … 싸르으을 … 왜 아안 주으냐아고 …/ 가 보오고라고오 … 해서설랑 와았다고오

요 … 누런 치아 사이 씨익 웃음꽃 터트린다

즉 먹을 쌀이 떨어졌는데 이장님이 왜 쌀을 안 주냐고 가 보라고 해서 왔다는 말이다 진분홍 여자 코트에 주황색 바지, 까치집 두어 채 엎어놓은 머리 옷차림으로도 개그야 뺨칠 정도여서 나도 씨익 웃음꽃 터진다

누가 이 각본 없는 개그맨을 굶기는가 한때 양 반장도 잘나가던 시절이 있었다 힘 좋은 양 씨를 학교 선생이라는 그의 형이 고향 사람이 운영하는 공장의 막일꾼으로 맡겨놓았다 품삯 대신 방세 주고 쌀 사주는 것으로 양 씨의 노동력을 평생 사기로 한 것이다

그 후 공장에서 직원들 진급이 있고 난 후 무심코 "양 씨" 하고 부르는 사람은 귀에 딱지가 앉도록 "나나나도오 바바반자자장이이라고 부부부러야지지…" 지지벌건 얼굴로 더듬거리는 훈계를 들어야 했다는데 더도 덜도 않을 똑같은 지능의 아내를 얻은 후 날이 갈수록 빈병이나 넝마가 그의 셋방에 쌓였다

주변의 무관심이 누적된 피로처럼 일상화됐을 때 밥을 굶는 개그맨 양 반장, 생은 그의 진분홍 외투를 영영 소품으로 남기길 원하는지 쌀 몇 되 들고 가는 오리걸음 느린 실루엣이 노을에 젖는다
- 시집 『울음소리가 희망이다』(2014)

지금처럼 복지정책이 없던 시대다. 장애인 시설에서 보살핌을 받아도 될 그분이 공장에서 버림받고 어디로 갔을까, 어디선가 기초생활수급자에 요양보호사까지 방문하는 사람다운 삶을 누리시길. 영원히 뵐 수 없는 그분의 평안을 빈다.

어느 무신론자의 한때

　요즘은 거의 사라진 방문이지만 마을을 다니며 하나님을 믿으라는 전도사들이 뻔질나게 찾아올 때가 있었다. 절에서 왔다는 신도들도 시주함을 들고 나타난다. 마을 사람을 보면 축원해 준다는 목적이 예사였다. 주로 신사복을 차려입은 남성들과 젊은 여자들이 미소를 띤 상냥한 언행으로 접근해 온다. 집 안이든 논밭이든 가리지 않는다. 밭일을 하다가도 작은 승합차에서 무더기로 내린 그들이 조를 짜서 흩어지는 광경을 한 달에도 몇 번씩 목격하면서 내심 혀를 차던 때도 많았다.

　교회도 절도 없는 시골마을이라서 주민을 신흥종교에 끌어들이려는 열혈신도들이었을까, 신의 이름을 팔고 다니는 사이비 종교인들이었을까. 진실은 신神만 아는 비밀이다. 지금은 마을에 정교회 목사님도 계시고 교회도 새로 생겼다. 예수님을 믿으려면 마을 교회로 가면 될 것이다. 오히려 사이비 종교라는 걸 알면서도 말 나눴다가는 그 사람들의 집요함을 넘은 감언이설에 현혹당하는 문제가 생길 수도 있다. 뙤약볕 아래서 밭일하다가 양산을 쓰고 다가

오며 인사를 하는 어여쁜 처자들에게 아낙이든 남정네든 마음을
쓰지 않을 수가 없는 일이다.

나는 어느 종교에 마음을 둔다기보다 그 종교를 세운 성인들을
존경한다. 이 마음은 변함이 없다. 무신론자라고 공언하지도 않았
으나 종교에서는 자유주의자다. 예수님이든 석가모니 부처님이든
성인을 따르고 그 가르침대로 행하는 분들은 나름대로 존경스럽
다. 종교를 가진 신도들의 믿음과 행위에는 일반 사람들이 갖기 힘
든 선함이 있다고 믿는다.

우리나라는 종교의 자유가 보장된 나라다. 어느 여론조사 통계
에서는 우리나라 인구의 절반이 종교를 믿는다고 했다. 세상에서
자신이 믿는 신만이 유일신이라고 하는 논리는 어불성설이지만 그
믿음을 바탕으로 사랑과 봉사와 자비의 마음으로 우리 사회에 기
여하는 분들이 많을수록 따뜻하다고 여겨진다.

성인의 말씀이나 교리, 경전을 실천에 옮김으로 종교를 믿는 신
자와 그 중심의 지도자들은 인류에 대한 참사랑과 진리를 전파하
고 있다는 불변의 진리에는 변함이 없다. 내가 거부하는 것은 자신
이 세운 왕국 또는 이익에 기반을 둔 집단의 행위에 그런 존경하는
성인의 이름, 종교의 이름을 도용하는 것이다. 곧 지구의 종말이
올 것처럼 현혹하고 말세를 새로운 종교의 하나님이 구원을 한다
는 교리는 혐오스럽기까지 하다.

교회 믿으세요

농부 발걸음마다 쑥쑥 큰다는 밭작물들이/ 단비라도 내려야 환호하련만 뜨거운 볕/ 더 내리쬐기 전에 호미 든 텃밭 곁에/ 꽃 같은 젊은 처자 두 명이 찾아와서/ 어느 종교를 믿느냐고 묻는다

나만 믿는다고 손사래 치는 내 눈앞에/ ○○○ 교회 전단지를 내밀어/ 문맹이라 한글도 못 읽는다고 시치미 떼자/ 교회를 믿어야 죽어서 영혼이 천국에 간다고/ 하나님 믿기만 하면 농사일 안 하는/ 행복한 노후가 당장 올 것이라고/ 나불나불 달콤하게 설교하는 처자들에게/ 내 귀에 먹통인 그 좋은 말씀 그만두고/ 이 시간에 돈 벌지 그런 사이비 종교를 믿느냐고/ 되받아 몇 마디 했더니/ 죽어서 천국 가면/ 어머니 아버지와 함께 산다며/ 먼 옛날 폐기한 효심까지 들먹이는데

나 어릴 적 허구한 날 밥 굶긴 병든 아버지/ 또 만나야 병원비 낼 돈 없으니/ 죽어서 또 만난다면 무간지옥이 낫겠다고 하자

아이고, 엄마, 시원한 물이나 한잔 달라는/ 어여쁜 애송이 전도사 아뿔싸, 하나님 아멘!

- 시집 『바람이 해독한 세상의 연대기』(2021)

대자대비 부처님을 팔아 시도 때도 없이 문을 두드리는 절에서 왔다는 사람들은 한눈에도 사이비 신도들이다. 예전에는 바랑을 짊어진 탁발 스님들이 간혹 대문 밖에서 목탁을 두드리며 시주를 청하긴 했었다. 지금은 옛 사진으로도 대하기 어려운 장면이다. 시대에 따라 스님도 민폐를 안 끼치신다. 당연한 현실이다. 그런데도 간

혹 큰 절 이름을 팔면서 평상복을 입은 남녀가 꼭 집 안으로 들어오려고 갖은 감언이설을 한다. 그들의 첫째 거래가 집터가 좋다는 찬사다. 귀가 솔깃하다. 물 한 잔 달라거나 단돈 몇천 원이라도 시주 좀 해 주면 한 해 운세를 봐 주겠다는 말로 유혹한다. 많은 시골분들이 그런 거래에 현혹당한다. 좋은 운세를 말하기보다 듣는 분들의 반응도에 따라서 액풀이 삼재풀이까지 해 준다고 꼬드긴다. 절에서 왔다는 사람들이 점쟁이로 무당으로 변신을 하는 과정에서 정신을 차리지 않으면 큰 피해를 입는다. 시골이라도 예전 같은 인심은 사라졌다.

며칠 전에도 밭에서 들어와 잠시 쉴 참이었다. 키우는 개가 악착같이 짖어 내다보니 낯선 남자가 성큼성큼 대문 안으로 들어서고 있었다. 본능적으로 현관문을 닫으면서 누구냐고 물었더니 절에서 왔단다. 시주 좀 하란다. 세상에, 누가 만만하게 믿을까. 그냥 가시라고 했다. 그럼 물 좀 한 잔 달란다. 야박하지만 다시 그냥 가시라고 소리쳤다. 빗장을 거는 소리를 들으며 돌아서는 낯선 사람, 사람이 제일 무섭다는 말이 공언이 아니다. 우리 사회가 참 두렵게 변해간다. 묻지 마 폭력이 무차별 폭력으로 때와 장소를 가리지 않는다. 낯선 곳에서 낯선 사람을 만나면 겁부터 먼저 든다. 불신이 불신을 초래하는 현실이 안타깝다. 사회 뉴스보도는 따듯함보다 사람으로 인해 소름 끼치는 소식이 더 자주 오르내린다. 위의 시는 특정 종교를 부정하거나 배척하려는 의도가 전혀 없음을 밝힌다. 우리 사회에 진짜같이 보이나 실은 가짜인 '사이비似而非'는 도처에 성행 중이다. 아마도 지구가 멸해도 살아남지 않을까.

각본에 없었다

정부에서 생활이 어려운 국민이나 가정에 다양한 혜택을 주는 정책이 늘어났다. 예전에 생활이 힘든 가구를 선정해 정부가 하는 단순 취로사업에 그분들을 모집하여 단기간제로 쓰는 일이 있었다. 지금은 공공근로 사업이라는 명칭으로도 쓰이는데 그 일이 처음 도입되었을 때 일반 국민 사이에서는 우리나라 최하위 계층의 국민들이 쓰레기를 줍는 일이라는 인식이 지배적이었다. 지금처럼 생활보호 대상자가 지정되기 전이었던 시절이다.

불과 이십여 년 사이에 서울에서 많은 공장들이 몰려왔다. 공장들이 마을의 농지를 줄여갈수록 마을 민심은 온갖 구설이 떠돌기 마련이다. 공장이 늘어난 마을에 많은 외지인이 따라왔다. 경순네 집도 이 마을 토박이가 아닌 외지에서 살러 온 가정이었다. 고만고만한 청소년기에 접어든 딸만 네 명을 둔 가장이 경순 아버지다. 부인은 '천생 여자'라는 꼬리표가 붙을 정도로 얌전하고 착한 분이었다. 부부는 가구공장에 다녔다. 부부의 부지런함은 딸들 공부 가르치며 텃도지를 내는 작은 집이나마 장만했다.

그런데 공장에서 일하던 경순 아버지가 돌아가는 기계의 피댓줄에 한 손이 감기는 끔찍한 일을 당했다. 다섯 손가락이 몽땅 절단되었다. 뭉개지고 잘려나간 손가락은 현대의학 기술로도 봉합을 할 수가 없다고 했다. 하루아침에 장애 4등급으로 전락한 경순 아버지의 치료가 끝나자 공장에선 그를 해고했다.

근로기준법을 지킬 만한 사업장이 아니었다. 산재보험이 적용되었는지는 모른다. 사업장 내 장애인 취업이 보장된 직장이 아니라고 했다. 장애를 가진 분들이 일반 직장을 다니기는 하늘의 별 따기처럼 힘들다. 몽당손이 된 경순 아버지가 할 수 있는 일은 정부에서 뽑는 취로사업이었다.

장애가 별안간 인생의 운명을 바꾸는 걸림돌이 되는 순간 이웃과 가족이 따뜻한 보살핌으로 감싸주어야 몸의 상처든 마음의 상처든 아물기 마련이다. 장애인이 되어 타인의 눈길 한 번 더 받는 처지가 되면 연민이든 멸시든 가슴에 가시처럼 박힌다.

그러나 왜소하고 착한 경순 아버지는 팔자소관이라며 술로 자신을 위로했다. 술자리에 앉으면 들고는 못 가도 먹고 가라면 몇 병이라도 마시고, 갈지자 게걸음으로 집을 찾아가는 애주가였다. 세상은 참 공정하지도 정의롭지도 않지만 결코 인생에 NG라는 컷이 없는 게 현실이다. 소주 서너 병에 풀어진 그분의 절망적인 신세한탄은 끝이 없었다.

까마귀 떼가 까악~까악~ 합창을 해대는 아침이었다. 경순 아버지가 세상을 떴다는 마을 방송이 퍼졌다. 스스로 이승의 생을 마감한 것이었다. 아낙과 딸들이 있는데 그런 방식으로 그분이 자신의 삶을 해체하리라고곤 아무도 몰랐다. 아무런 힘도 되어 주지 못하는 나에게까지 가까운 이웃주민이 퍼부었다는 폭언과 멸시를 들려주던 그분의 억울함이 이런 참변을 불러올 줄 몰랐다.

각본에 없었다

경순 아버지가 힘겹게 끌던 생生을 놓았다/ 아무도 예측 못 한 선택으로/ 자신의 이름을 지운 그는 늘 단역이었다/ 갈가마귀 떼 울음이 첫 조문을 한/ 낮은 지붕 아래 타향살이 서러운 곡조처럼/ 아내와 딸들이 목 놓아 울어댔지만/ 그의 각본엔 NG가 없었다/ 길섶의 풀, 돌, 쓰레기와 별반 다를 것 없이/ 주역들의 발끝에 채이는 장애 4등급 딱지를 목에 걸고/ 쓰디쓴 몇 잔 술에 무너지며 비루먹은 삶에도/ 희망은 있다고 취로사업장 쓰레기를 줍는/ 꽃상여 타고서야 빛을 본 그는/ 더 이상 세상을 줍지 않아도/ 하늘이 내리는 감로甘露에 젖어/ 신선처럼 생을 바꿀 것이다

- 시집 『울음소리가 희망이다』(2014)

그분이 돌아가시고 난 후 가까운 분에게 들은 이야기다. 몇 시간씩 길거리 노동으로 삶의 바닥을 걸어야 하는 단역인 경순 아버지를 괴롭히는 원인 제공자는 따로 있었다. 경순 아버지는 자신보다 나이는 어리지만 힘이 센 자폐증을 앓는 원주민의 텃세에 무척 괴로워했단다. 다른 원주민들은 자폐증을 앓는 분과 부딪치지 않는 범위에서 그러려니 여겼었다. 자폐증 이웃도 함께 어울리며 살아야 할 마을 주민이었다. 그 이웃이 날마다 집요하게 귀가시간에 경순 아버지를 기다리며 술을 얻어먹는 가해자로 바뀐 것이다. 그것

도 모자라 온갖 놀림으로 그분을 궁지로 모는 재미인지, 취미인지를 느끼는 남성이었다고 한다.

까마귀 떼 울음이 마을을 뒤덮은 그날 밤, 마을을 가로지른 개울 옆에서 경순 아버지는 끝내 돌아오지 못하는 길로 생을 놓았다. 살아가는 게 얼마나 괴롭고 힘들면 저승으로 갔을까. 그분의 생이 영화나 연극이라면 NG가 있었을 것이다. 목 놓아 우는 아낙과 딸들의 하늘 구만 리를 간다는 서러운 울음소리….

괴롭힘도 장애도 없는 머나먼 나라로 떠난 그분의 묘역은 하늘이 내려주는 달콤한 감로주가 넘치고, 신선처럼 생을 바꾼 착한 경순 아버지는 각본도 NG도 없는 세상의 주역으로 살아갈 것이다.

그 후 그 아낙과 가족은 마을을 떠나갔다. 몇 년 후 자폐증으로 힘들던 분도 경순 아버지와 똑같은 방법으로 이승을 하직했다. 운명일까, 인연일까, 복수일까. 먼 하늘나라에서 다시 태어나는 내생이 있다면 화해와 용서와 반가움으로 포옹했으면 좋으련만 부질없는 희망이다.

3번 국도가 환하다

3번 국도

자폐아들 병원비라도 보태려고 밥벌이에 나선 그녀가 하는 일은 일년에 석 달은 쉬어야 한다는 조건이 붙은 비정규직 청소원이다 마흔도 안 된 젊은 그녀에게 어울리지 않는 일자리지만 식당일 공장일에 인력사무실까지 드나들다 겨우 얻은 그 일자리가 그중 맘 편하다는 그녀는 바람이 부나 눈이 오나 한눈 한 번 안 팔고 3번 국도 가꾸는 궂은일로 거리에 선다 노란 형광조끼가 유일한 보호막인 그녀가 차도와 인도의 경계석을 아슬아슬 줄타기하는 모습을 가끔 창밖으로 보기도 하는 아찔한 순간은 순식간에 사라지는 풍경의 일부처럼 오늘도 엎드렸다 일어서길 반복하는 그녀가 지나간 거리,

저 직립의 로봇처럼 3번 국도로 가는 그녀의 가계도를 들춰보면 투전에 눈이 멀어 사흘 도리로 시모를 때린 시부가 보이고 하얀 꽃가루 한 병으로 별이 된 시누이도 보이고 고전 속 난세를 평정하려 했던 지아비의 이름이 영원히 대한민국에 살아있는 집, 아랑곳없이 오로지 온몸으로 도로를 순례하는 삶의 방식, 그녀가 커닝도 모르며 쓰는 생

의 모범답안 3번 국도 그 길이 환하다

- 시집 『바람이 해독한 세상의 연대기』(2021)

남편의 수입으로 아이들 키우며 살던 그녀가 사업체가 문을 닫으며 직장을 잃은 남편과 함께 맞벌이에 나섰다. 가정 일만 하던 그녀는 세상의 세파를 모르는 천진한 아낙이었다. 사무직은 아니라도 마흔도 안 된 그녀를 일하러 오라는 곳은 많았다. 식당도 공장도 모두 성실하고 건강한 그녀를 반겼다고 한다. 문제는 일보다 동료들과 어울릴 줄 모르는 대인기피증으로 사회생활 초보나 다름없는 그녀의 입장이었다.

새로운 직장의 환경에 적응하지 못하는 그녀는 번번이 직장을 그만뒀다. 그런 그녀에게 행운이 찾아왔다. 정부가 공공 근로라는 명분으로 임시직 근로자를 모집하고 있었다. 길거리 청소일이란다. 그녀가 그 일을 지원했다고 했을 때 가족과 지인들이 말렸다. 젊은 아낙이 많고 많은 직업중에 거리 청소라니, '직업에 귀천이 없다' 라는 말은 허울이다. 직업 중에서도 거리의 청소원이라고 하면 최하위 계층의 직업으로 보는 시각이 여전히 존재하는 현실에서 젊은 그녀가 받을 마을의 질시와 편견을 어떻게 이겨낼까 걱정이었다.

그러나 작업반장의 지시에 따라 하루에 정해진 시간만 쓰레기를 줍던 관내의 사업장에서 주어진 과제를 해내면 되는 나 홀로의 노동에 그녀는 너무 맘이 편하다고 했다. 가끔씩 그녀를 본다. 3번 국도변을 지나치는 차창 밖, 그녀는 뒤 한번 돌아보지 않는 로봇처럼 엎드렸다 일어서길 반복하며 길거리 쓰레기를 줍고 있었다. 그녀가 지나간 자리마다 환하게 빛나던 3번 국도와 지방도로는 그녀가 유일하게 마음 편한 일터였다.

삼복의 불볕에도 엄동의 혹한에도 노란 형광조끼를 착용한 채 앞으로앞으로 나가는 전사처럼 3번 국도 수십 리 길을 오가는 그녀, 연민은 차츰 격려로 응원으로 손뼉을 치고 싶건만 그나마 일 년에 석 달은 쉬어야 한다는 조건이 붙은 비정규직 청소원이 그녀다. 그 일자리라도 서로 하려고 경쟁이 치열하다는 말에 걱정이 앞섰다. 다행히 그녀의 남편도 자격증이 많은 데다 실력도 출중해 건설회사의 정규직으로 취업해 열심히 다닌다고 했다. 시국 탓일까, 젊은이까지 일거리가 없고 실직한 자영업자들까지 몰려든 공공 근로 일은 경쟁이 치열하단다.

지천명을 넘긴 그녀가 이제는 일 년에 3개월이 아니라 반년을 쉬어도 다시 채용될지 미지수란다. 안타깝다. 지상의 신이 정말 가난한 자의 편이라면 저 착하고 불이익을 셈할 줄도 모르고 죄짓지 못하는 아낙의 형편을 살펴 부디 아들의 병원비라도 보탬이 되는 일자리 하나쯤은 선심 쓰길 간절히 기원해 본다.

반려 동물이 천오백만이라고…

우리나라가 선진국 대열에 합류하면서 가장 두드러지게 질시를 받았던 문화가 키우던 개를 잡아먹는 음식문화였다. 미개인이나 야만인의 식량 수탈도 아니고 엄연히 살아있는, 그것도 집에서 기르던 개를 잡아 보신용으로 끓여먹는다는 일은 외국인의 눈으로 볼 때 경악 그 자체였으리라.

농촌마을마다 여름이면 복달임한다고 해서 기르던 개를 가족이나 주민들이 모여 잡아먹는 풍습이 만연했다. 몸보신한다고 음식점 몇 집 건너 한 집은 '사철탕', '보신탕 전문집'이라는 간판을 버젓이 달고 영업을 하던 시대였다. 지금도 외진 곳에서는 식용견을 키우다 방치하고 동물단체에서 구조하는 뉴스가 심심찮다. 몸보신용으로 찾던 보신탕집이 음지로 숨어들어 영업하는 곳이 존재하는 이유다.

우리 전통음식문화라고 일부 보신탕 애호가들이 옹호한 음식이지만 인간과 가장 친하고 충성스러운 개는 그런 용도로 오늘까지 숱하게 죽음을 당하고 먹혔다.

사람과 가장 친근한 동물인 개는 아무렇게나 대해도 죄책감이 없던 시대는 옛날이다. 흔히 쓰이는 욕설에도 '개' 자가 붙으면 그건 상대를 최하위로 얕잡아보는 욕이 된다. 집 밖에서 죽음을 맞이한 망자에게도 '객사'라거나 '개죽음'이라는 표현으로 비하했을 정도였다. 세상이 변했다. 너도나도 100세 시대를 살겠다고 아우성이다. 아프지 않고 100세를 살기란 요원한 꿈이다. 요양원 가기 전에 나의 죽음이 아프지 않고 걸어 다니다 갑자기 쓰러져 죽는 '객사'라면 꽤 편할 것 같다.

개죽음

내게 어울리지 않는 자리에/ 거북한 몸짓으로 앉았다 온 뒤로/ 어질어질 구토가 난다/ 사양했어야 옳았을 외식 모임/ 차를 타고 가면서야 어색한 장소인 줄 알았지만/ 정작 낭패스러운 일은/ 그곳에 가서였다/ 사철탕이란 입간판이 핏발처럼 서 있는 곳/ 역한 살 내음에 묻어나는 개기름 낀 몸보신하러/ 외지에서 오신 점잖은 부부 동반/ 기막히게도 두 눈을 감지 못한 충견 한 마리/ 머리채 도마에 올랐지만/ 일어나 올 수도 그것을 먹을 수도 없는 난처한 함정에서/ 내가 산다는 게 슬펐다/ 동물애호가도 채식주의자도 아닌데/ 나를 위해 또 다른 생을 죽인 음식 앞에 왜 자꾸만 그 눈이 보이는 걸까/ 머리 검은 짐승처럼 개죽음 따윈 아무 의미도 없었지만/ 벌거벗은 내 발이 한없이 부끄러웠다

- 시집 『벌열미사람들』(1998)

부부 동반 외식하러 간다고 나선 자리였다. 내 생각과 달리 몸보

신을 하러 간다고 했다. 그때 보신탕집을 난생처음 가게 되었다. 보신탕집이라면 애초에 부부 동반이라도 안 갔을 자리였다. '개고기'라니, 생각만으로도 역겨웠다. 그러나 멀리까지 찾아간 식당은 부부 여럿의 음식을 미리 맞춘 보신탕집이다. 자리를 박찰 용기도 내 주장만 우길 수도 없었다.

난감한 심정인데 방 한 칸을 차지한 일행 앞에 작은 개 한 마리가 끓는 솥에 누워 통째로 상 위에 오르는 게 아닌가. 도마와 칼을 들고 온 주인 아낙은 눈을 뜨고 죽은 개를 부위별로 썰어서 상에 올렸다. 맨정신으로 못 볼 광경이었다.

목젖을 타고 올라오는 역한 비위를 차마 내색할 수 없어서 밖으로 나왔다. 개죽음 따위는 주인이나 손님에게 오히려 즐거운 성찬이며 돈벌이였다. 나를 위한 음식을 먹으며 생명에 대한 많은 회의를 느낀 시간이었다. 동물애호가도 채식주의자도 아닌데 왜 그 작은 개의 죽으면서도 감지 못한 원망 어린 눈동자가 평생 나를 쫓아다닐까. 이제 그만 눈 감았으면 좋으련만.

지구상에 존재하는 모든 생물에는 수명이 있다. 나무·풀·동물·인간이 자연사로 또는 약육강식의 법칙에 의해 사라진다. 이 세상 동물이나 인간은 누구나 죽는다는 공포에서 벗어나기 힘들다. 오죽하면 개똥밭에서 굴러도 이승이 좋다는 말처럼 존재에는 나름대로 이유와 재미와 소중함이 있다.

우리가 죽음 앞에서 자유롭지 못하듯 동물도 강한 자의 먹잇감으로 늘 긴장하며 살아야 한다. 그런 자연의 생태계와 무관하게 인간도 끊임없이 육식을 탐하는 동물로 살아간다. 그것으로도 모자라서 몸에 좋다면 풀뿌리는 물론 생명을 지닌 별별 곤충부터 바다 생물까지 가장 잔혹하게 사냥하고 먹어치우는 자연계의 최고의 통치자며 악의 표본이다.

인간이 생의 반려로 함께 돌보고 살아가는 동물 숫자가 천만이라고 한 뉴스가 엊그제 같은데 천오백만이 넘었다고 한다. 개 호텔, 놀이방, 고양이 카페까지 성업중이다. 반려동물 장례식장과 납골당도 생겼다. 일부에서는 사람보다 더 대접받는 견공을 부러워한다. '개 팔자가 상팔자' 라는 말이 실감나는 반려동물 천오백만 시대가 '아이 낳기' 를 외면하는 대한민국의 현주소다.

내 마지막 희망 목록

요즘 중장년들에게 인기를 끄는 과제가 희망 목록을 실현하는 버킷리스트다. 살아생전에 적게는 수십 개에서 많게는 백여 개가 넘는 목록을 정해 놓고 기회가 닿을 때마다 실행하는 행복이 삶의 진정한 의미로 느껴진다는 현대인의 희망 목록, 나도 그 목록을 작성하고 '여행' 이라는 말도 적어놓았다.

아깝게 장롱 속 면허증이 되고 말았지만 가게와 식당을 그만둔 후 나름대로 생계를 꾸려갈 방편으로 따 놓은 운전면허 1종이다. 무용지물이 된 운전면허증. 당시에 바로 무슨 수를 써서라도 1톤 트럭이라도 샀어야 했다. 운전면허증만 따면 시골 장터를 다니며 이런저런 물건을 파는 아낙이 되고자 했던 일념도 아이들의 극심한 반대에 부딪쳐 무산되고 말았다.

나는 집안 편한 상태로 살아가는 게 삶이라고 위로하며 살아왔다. 때론 바보였고 때론 울보였고 때론 참지 못해서 우울증을 앓고 살았다. 단점이기도 하지만 남에게 배려에 가까운 긍정적 성격은 오늘까지 변하지 않는다. 먹고사는 일에 바쁘다 보니 봉사와 남을 돕는 일에서는 제로에 가깝지만 봉사도 함께 사는 옆 지기의 눈치를 안 볼 수 없다.

요즘 '인생은 육십부터'가 '인생은 칠십부터'로 바뀌었다. 60세 이상의 늙은이 인구가 올해 30세 이하의 젊은이들을 앞질렀다는 서글픈 뉴스다. '인생 칠십 고래희'를 지난 나이, 무슨 희망사항이 많을까. 그냥 생각만 많아지는 나이다.

정신과 다르게 움직이는 몸, 함께 늙어가는 이웃들이 어느 날 요양원이나 실버타운으로 들어갔다는 소식은 내 일처럼 실감 나는 현실이 됐다. 그러다 보니 주고받는 인사도 건강이 최고의 덕담이라는 듯 매사에 건강 타령이다. 무수한 건강식품이 방송을 타고 자연식 웰빙식이라는 먹방까지 인기다. 이승에서의 삶에 죽음이라는 섭리가 아예 없으면 좋으련만 불행하게도 인간은, 아니 모든 생물은 죽음 앞에서 유한한 존재다.

새롭게 추가한 버킷리스트 항목에 오늘은 '존엄사'라는 단어를 써 넣는다. 내 희망 목록이다. 아니 꼭 그렇게 '존엄사'로 생을 마감하고 싶다고 유언장을 고쳤다.

　　아가야 우리 한 몸이 되자

　　아가야 너와 나는 한 몸이 되자/ 지금은 닿을 수 없는 우주별에 든 어여쁜 내 손녀야/ 덧없이 흐르는 세월 어디쯤에서 할미도 이승을 떠나겠지/ 그때 명이 다한 할미가 찾으면 이승에 남겨진 몸에서/ 혼백이 빠져나와 넋이라도 너를 찾으면/ 주저 없이 오거라, 한달음에 오거라./ 네가 뿌린 별빛 미리내를 건너는 노둣돌 위에서 만나/ 얼싸안고

웃고 울자, 할미는 너를 업고/ 온천지에 널린 별나라 여행길에 들겠다

그때쯤이면 이승의 네 본적지 벌열미 산하/ 태고의 조상님이 물려주신 양지바른 문중 선산/ 오솔길 옆에 할미의 핏줄들이 둘러서겠지/ 네 몸과 내 몸이 담긴 뼈 항아리 묻고/ 둥글게 둥글게 돌무덤 쌓겠지/ 목련 배롱 동백 이팝 보리수 모과 매화까지/ 시절 따라 꽃 피는 나무도 심었다면/ 아기 무덤 할미 무덤 이정표도 세우겠지/ 오솔길 오르는 낯익은 길손들이 고요한 숲속에서/ 잠시 쉬었다 가는 긴 의자도 놓아다오

돌무덤 속 너와 내가 물관을 타고 피어나는/ 푸른 생들의 꽃이 되라고 열매가 되라고/ 한 줌 흙으로 돌아간 숲의 자궁 속에서 세월 속에서/ 한때 지상에 남긴 흔적인 네 그림과 할미 글도/ 자꾸 잊히겠지 인연조차 잊고 말겠지/ 저렇게 튼실한 나무들은 어깨를 맞대고 바람을 막는데/ 물푸레 팥배 함박 진달래 찔레 갈매나무가 우듬지마다 꽃을 피우면/ 돌무덤 사이로 개미도 집을 짓고 꽃뱀도 똬리 트는/ 따듯한 집이 되겠지 새도 날아와 새끼를 치고/ 한 석삼년 살다가 별이 되겠지

할미 죄 많아서 너를 못 만나면 죽어서도 못 만나면/ 네가 쌓은 돌무덤 터에서 날마다 네 이름 부르고 있겠지

- 시집 『아기별과 할미꽃』(2019)

2018년은 우리 가족이 살아오면서 겪은 고통 중에서도 가장 참혹하고 비참한 슬픔을 견뎌야 했던 해였다. 천륜이란 혈연으로 가족사에 이름을 올렸던 손녀가 한순간에 하늘의 별이 되고 그 생사의 별리에서 온 가족은 애간장이 찢어지는 슬픔을 견뎌냈던 한 해

였다. 여덟 살 학교 가는 날 갑자기 가족의 곁을 떠난 손녀는 맞벌이 부모를 대신해 할미의 손길로 키운 천사였다. 태어나 내 품에 안긴 아기는 큰 소리로 울지도 못하는 엄지 공주였다. 여리디 여린 몸으로 울던 아기, 모성과 보호본능을 불러오던 내 손녀였다.

할미의 어부바가 유일한 즐거움이던 아기가 사라진 집안에서 어떻게 견뎠을까. 울어도 불러봐도 보이지 않는 그리움의 세월을 눈물로 견딘 나날이었다. 온 가족이 가슴에 묻었을지라도 손녀가 그리우면 사진보고 울자고, 그림 보고 부르자고, 가지고 놀던 장난감도 버리지 말자던 약속도 희미하게 지워진다. 그러나 그 어여쁜 어린 영혼을 어찌 잊으랴. 내 손녀이기 전에 신神이 잘못 내려 보낸 천사였다고, 지구상에 존재하는 신들이 왜 그 어린아이를 지켜주지 못했냐고 한없이 원망하던 할미였다.

86개월을 지구별에서 산 천사가 떠난 집안은 모든 추억들이 눈물이며 생지옥이다. 어린것을 데리러 지구 끝까지라도 가야겠다는 마음이 무참히 주저앉을 때 망연히 울던 울음도 지나갔다. 기억이, 추억이 자주 망각의 강물을 건넌다. 며칠 후면 지구별에서 맞이했을 아이의 생일이다.

케이크에 촛불을 끄는 순간을 가장 즐거워했던 아이를 보러 절집으로 가기로 했다. 송아지 같은 눈망울이 할미를 얼마나 그리워했을까, 가슴이 먹먹하다. 살기 위해 몇 해째 드나드는 병원의 진료가 부질없는 짓거리 같다. 넋두리 같지만 희망 목록에 올린 존엄사를 내 마지막 위안으로 삼겠다.

술에 절다

내가 결혼 후 시댁에서 처음 대한 광경은 놀라웠다. 초가 사랑채에 간판도 없는 구멍가게를 삶의 터전으로 꾸리고 계신 시부모님이 '경월'이라는 상표가 붙은, 2리터가 넘는 큰 됫병 소주를 하루 이틀에 다 마시는 애주가셨던 것이다. 막걸리도 아니고 독한 소주를 플라스틱 맥주잔으로 가득 따라 두 분이 사이좋게 나눠 드시는 모습, 속이 거북하다고 한 잔씩 드시고 기운이 없다고 한 잔씩 드시고 또 식사 때마다 반주로 드시는 됫병은 없어서는 안 되는 시댁의 명약이자 보약이었다. 대단한 체력과 주력을 지니신 시부모님께 물려받은 유전 때문일까, 처음에는 몰랐지만 남편도 '두주불사斗酒不辭'에 속하는 술꾼이었다. 친정의 풍습과 너무 다른 생소한 시댁 풍경, 적응해야 할 새 며느리였다.

한창 자라야 할 나의 소년기에 아버지는 너무 많이 아프셨다. 내가 초등학교에 들어갈 무렵 산골에서 버덩의 판잣집으로 이사를 온 마을은 읍내의 변두리였다. 아버지는 한국전쟁 시 피난지에서 국민군에 징집되어 싸움터로 가셨단다. 그 전쟁에서 입은 후유증으로 큰 질환을 앓고 계셨다. 목수라는 직업으로 가끔씩 큰 목돈을 가져다 어머니를 주시긴 했지만 가뭄에 콩 나듯 드문 일이었다고 생각될 정도였다. 학교에 내야 하는 사친회비를 제때 내지 못해서 집으로 되돌아왔던 기억이 생생하다. 술도 담배도 못하시는 아버지의 유일한 낙은 동네 아낙들에게 장날 빌려 온 이야기책을 호롱불 아래서 읽어주는 것이었다. 책은 빌려도 술은 체질적으로 부모님을 비롯해 오빠도 입에도 못 대는 비주류 집안에서 청소년기를 보낸 나였기에 시댁 어른들이 보약처럼 마시는 술의 위력에 대해서는 깜깜했다.

남편이 그 술의 위력을 제대로 선보인 날은 결혼 후 일 년 정도 지나서였다. 직장을 구한 남편을 따라 잠시 분가를 하고 서울에 살 때였다. 어린 아들놈이 내 등에 업혀 직장에 간 아빠를 기다렸다. 객지에서 퇴근 시간에도 오지 않는 남편이 새로 생긴 주점에서 술을 마신다는 주인 딸의 신고가 내 귀에 접수되었다. 이유 불문, 있을 수 없는 짓이라고 단정한 나는 투사처럼 아이를 업고 술집으로 들이닥쳐 한창 취기가 오른 남편의 팔을 끌고 나왔다. 젊은 혈기가 우리 부부에게 넘치던 시절이었다.

그 후로 나는 밖에서 돌아오는 남편의 얼굴색을 먼저 살피는 버릇이 생겼고 홍조가 짙으면 가슴 먼저 벌렁거리는 증상이 심해져 갔다. 취기와 야합한 객기의 알코올 도수, 경제와 담을 쌓은 통 큰 주량의 꽃밭에서 남편은 칙사였고 나는 운명이라는 삶을 위해 눈물 또는 싸움으로 버텼다. 수십 년 알코올의 정령이 지배한 '부부의 세계'에서 견디다 못해 나도 술이라는 알코올의 세계에 조금씩 몸과 마음을 저당 잡히는 세월이 늘어 갔다. 포도주 반병이 정량이었다. 흔히 생각지도 못한 일을 벌이거나 베풀 때 간이 부었다고 한다. 알코올 도수에 풀어진 내 마음은 한량없이 즐겁다. 반대로 남편은 취기가 가슴에 쌓이면 참았던 독을 방사한다. 주사酒邪다. 그 독이 나에게 고성으로 들리기 시작하면 나는 대문 밖을 나선다. 그게 맞짱을 뜨는 것보다 상처를 덜 받는 생존의 법칙으로 자리 잡았다.

술에 절다

九旬을 넘긴 어머니의 하루는 진로소주로 시작해서/ 그 알콜의 정령들에 유혹되어 하루가 간다

사흘이 멀다 하고 술자리 회식이 잦은/ 남편의 취기는 알콜 도수와 야합한 꽃밭이었다

우울한 만삭의 갱년기에 허우적이며/ 내가 겨우 붙잡은 것도 핏빛 도는 몇 잔의 포도주였다

목젖을 타고 흐르는 술의 나라에서 은하의 경계를 넘은/ 어머니가 놀고 남편이 노래하고 내가 춤을 춘다

생이여, 기약 없던 영화여, 슬픔이여, 분노여,

먼 과거에서 헤매며 등 굽은 생의 끈을 놓지 못하는/ 어머니의 하루

가 지워지고/ 취중에나 가장의 권위를 세우는 축 처진 어깨/ 힘겹게 기댄 남편이 실종되고/ 최면처럼 달콤한 몽환의 세상을/ 속절없이 끌려가는 나도 잊혀진다

- 시집 『우리 집 마당은 누가 주인일까』(2005)

날마다 보약처럼 소주를 드시던 어머니는 97세까지 장수하셨으나 신神은 어디까지 내 편일까, 몇 잔의 포도주에 넓어지는 마음, 하회탈처럼 터지는 웃음발을 취기를 동반해 남발하는 패기도 몇 잔의 포도주 덕분이었다. 모임에서 친목회에서 즉석 개그맨이 되기도 했고 때로는 피에로의 슬픔처럼 붉은 눈물을 펑펑 쏟는 나약한 아낙이 나였다.

어느 날 쓰러질 것 같아 찾은 병원에서 심장질환이라는 치명적 판정을 받은 후 절대 금주라는 부제까지 내 몸이 선고받았다. 큰 충격이었다. 주신酒神을 믿지는 않았으나 슬픔을 달래주던 묘약을 남용한 결과로 한순간에 회수해 간 허무한 응징이다. 그러면 어떠리, 귀신도 속이는 시대다. 아직도 적포도주 몇 병을 숨겨놓은 싱크대, 불면이 옆자리를 찾아올 때 홀짝홀짝 독작으로 위안을 삼는 술과의 동침이 이어진다.

3부

이름이 낯설다

어머니의 요강

요강

오래전에 세상을 뜬 친정어머니는 6.25 전쟁 때 오 남매를 데리고 피난길에 들면서도 한 손에는 요강을 보물단지 위하듯 들고 다니셨다고 전설처럼 말씀하시곤 했다 몇십 리 몇백 리 길 부르튼 발길을 멈추고 고단한 잠을 청하는 피난민들 틈에서 어린것들 똥오줌이며 피난민 아낙들 오줌발까지 감지덕지 받아내 주었다는 청잣빛 사기요강을

그 후 철없던 막냇동생이 까닭 없이 댓돌에 내리쳐 박살을 냈을 때 어머니의 노기는 막내 종아리에 휙, 휙, 푸른 실뱀을 수십 마리 감아 놓으셨다

오늘 아침 밤새도록 황천黃天을 건너는 누런 물살 소리 담아낸 요강을 부신다 생애의 모든 길이 끊어진 등 굽은 한 세기의 궤적이 몇십 보 거리의 변기에도 닿지 못하는 노모의 발치에서 오래된 두엄 냄새 그 강물에 떠 있는, 애물단지 스테인리스 요강이 몇 달째 내 손에서

희망처럼 깨진다 깨져라… 요강…

- 시집 『우리 집 마당은 누가 주인일까』(2005)

친정어머니가 돌아가신 지 30여 년이 지났다. 1991년 5월 단옷날 일 년여를 중풍으로 누워 계시던 시아버님이 돌아가시던 해였다. 한 해에 두 분 부모님이 이승을 하직하고 '저세상'이라고 말하는 하늘나라로 가셨을 때 불혹도 안 된 나이였던 나는 '효'와 '불효'를 한순간에 알 것 같았다.

중풍으로 자리보전하신 시아버님은 92세의 고령이셨다. 시어머님이 고 3이던 손자의 뒷바라지를 위해 외지에 가 계시던 시절이었다. 지금처럼 요양원이 흔치 않던 시대였고 또 그런 곳에 모신다는 게 자식에겐 큰 불효로 낙인찍히던 시대였다.

맏며느리의 위치는 시부모님을 모시는 게 당연하게 생각하던 문중 마을, 가장 괴로운 일이 아버님이 스스로 하실 수 없는 대소변을 받아내야 하는 일이었다. 시부모님이 세상에서 가장 귀하게 키운 맏아들은 그런 일에서 열외였다. 냄새조차 못 맡겠다고 꽁무니를 빼기 일쑤였다. 나는 하루에도 서너 번씩 기저귀를 갈아드리고 누워계시는 아버님께 죽을 떠 넣어드리며 평안히 돌아가시길 기원하는 일이 '효'의 전부였다.

내 몸은 파김치가 되곤 했지만 '며느리 사랑은 시아버지'라는 말처럼 결혼과 동시에 며느리인 나를 끔찍하게 위해 주시던 아버님께 소홀할 수도 없는 입장이었다. 집안 친척들이 대부분인 마을, 오고 가는 분마다 고령이신 아버님의 안부를 물었다. 치매가 아니신 게 다행이었다. 몸과 정신이 별도로 마음대로 움직이지 못하는 질환이 노인성 뇌졸중이다. 일곱 식구 밥줄이며 수입원인 구멍가게일로 바깥세상 구경은 꿈도 못 꾸던 세월이었다. 하루 종일 누워서 천장만 바라보시는 아버님을 두고 마음 놓고 물건을 떼러 가기도 진열하기도 힘들었다.

단옷날 아버님이 별세하셨다. 장례식장이란 단어가 생소한 시대였다. 가게 문을 닫고 상점이며 텃밭에 차일을 친 초상집, 집안 친척들이 모이고 연락을 받고 친정어머니도 오빠와 같이 오셨다. 어머니도 십여 년 이상을 당뇨로 고생하시던 때였다. 그 당시에 당뇨는 불치병에 속해서 늘 저승사자를 동반한다는 병이었다. 둘째 딸인 내 곁에서 어머니는 말씀 한마디 없이 고요히 아버님의 입관 절차를 끝까지 지켜보셨다. 너무 마른 어머니 모습에 당신의 가실 길을 보시는 것 같은 불길함이 떠올랐지만 정신없는 와중이었다. 어머니는 아이들 잘 키우라는 말씀을 남기고 귀가하셨다. 그때 왜 장례식을 막중일이라고 하는지 알았다. 인생이 이승을 떠나는 가장 애통하고 숭고한 일에 최선을 다해 모시고 절차에 아낌없이 돈이 따르는 막중한 일이 고인에 대한 예의며 장례였다.

나는 아버님 별세 후에 나타나는 극심한 피로와 현기증을 두어 달 참고 견디다 못해 병원을 찾았다. 의사는 내가 너무 과로한 탓에 B형간염에 감염되었다고 했다. 그런데 B형간염이 면역력이 생기며 스스로 치유가 되었다고 한다. 아직 잠복기가 있으니 과로를 주의하란 말로 원인 설명을 하는 의사.

설상가상으로 늘 가슴 졸이며 뵈러 간다고 별렀는데 별안간 친정어머니가 돌아가셨다는 연락이 왔다. 기가 막혔다. 어머니를 모시는 지극한 효자가 오빠였다. 서울 주변의 아파트에 오빠네 가족과 함께 사시던 어머니가 환갑이 되시던 해 당뇨 진단을 받으셨다. 지금처럼 평생을 껴안고 사는 병이 아니라 불치로 알려진 당뇨병이다. 오 남매 중에 셋째인 나는 생신 때나 어머니를 뵙는 너무 무심한 불효 여식이었다. 74세를 일기로 이승을 하직하신 어머니는 이 딸이 '효도'라는 단어조차 입에 올리지 못하도록 시간을 안 주지 않으셨다. 아니 평생을 후회를 끌어안고 살라고 내 곁을 떠나가셨다.

어머니가 저승길 문을 여는 순간에서야 어머니를 뵈러 가는 이 불효를 어찌 용서받으랴. 몸부림을 쳐도 어머니를 불러도 다 소용없는 시집간 '남의 집 식구'가 딸이었다. 내가 결혼한 후 몇 번이나 어머니를 뵈러 왔던가, 평생을 바윗돌처럼 누르는 후회, 다 소용없는 이승의 자책이었다. 밀려오는 후회와 회한 가슴을 치고 땅을 치는 호곡성에도 곱디고운 어머니는 단아한 평소의 모습 그대로 한마디 말씀도 없이 머나먼 길을 가고 계셨다. 나는 그해 뼈저린 후회에 아이들 몰래 남편 몰래 흐르는 눈물의 포로가 되어 살았다.

어머니는 생전에 한국전쟁 때 겪었던 피난살이 이야기를 자주 하셨다. 외갓집이 산골이긴 해도 부농의 집안에서 오 남매의 막내 딸로 지극한 부모님의 사랑 속에서 고생을 모르고 살아오신 어머니셨다. 내가 어린 시절 방학만 되면 가던 곳도 또래 언니들이 있고 쌀밥을 먹는 외갓집이었다. 어머니는 열아홉 살에 아버지와 혼인을 한 후부터 모진 시집살이와 함께 세 자식을 잃는 아픔을 겪으셨단다. 홍천이 한국전쟁으로 포탄이 날아드는 생사의 지옥이 되자 다섯 식구가 피난길에 들었단다. 피난길에 어머니가 끝끝내 보물처럼 들고 다니셨다는 사기 요강이 그렇게 요긴하게 쓰였다고 자주 말씀하셨다. 몇십 리 몇백 리 피난길에서 헛간이라도 얻어 피난민들끼리 노숙을 하게 되면 잠자리에서 가장 필요한 게 요강이었단다. 자식들 오줌발이며 아낙네들 오줌발까지 받아 낸 사기 요강을 전쟁이 끝나고 고향땅 언저리로 귀향하면서까지 들고 오셨다. 청잣빛 도는 푸른 요강이었다.

그런 보물처럼 애지중지하던 요강을 꾸중을 듣던 막냇동생이 댓돌에 내리쳐 박살을 냈다. 나도 동생 둘도 전쟁 후에 태어나 요강의 전설 따위는 믿지 못하던 나이였다. 그때 절망과 노기로 어머니가 가느다란 싸리 회초리로 일곱 살짜리 남동생을 푸른 실뱀이 두 종아리를 칭칭 감아올리도록 때리셨다. 우는 어머니를 처음 보았다. 요강이 파편이 된 몇 날 며칠을 시름에 겨워 서운해하셨다.

아흔을 넘기신 시어머니가 자식을 못 알아보는 병에 걸리셨다. 평소 깔끔하시기로 유명한 분이셨지만 치매는 온 가족을 울리고 웃기는 질병이다. 마루의 화장실에도 못 가는 분을 매일 시간에 맞춰 요강에 앉혀드렸다. 그나마 맑은 정신이 들 때였다. 까딱 잊어버리면 냄새가 진동하는 둥근 떡을 내 손에 쥐여주시는 시어머니, 대소변을 받아내는 기저귀를 어머니에게 채워드리는 일은 날마다 고역이었다. 그걸 기어이 빼내어 찢는 힘센 손목에 머리끝까지 쌓이는 스트레스….

사기 요강이 실수로 깨어진다면 내가 시집올 때 가져온 스테인리스 요강은 깨질 리 없는 물건이었다. 나는 깨지지 않는 요강을 원망했다. 또한 살림까지 피폐한 나날이 이어지자 하루라도 빨리 요강이 깨지는 날을 고대하는 못된 며느리로 변질되어 있었다. 단 한 번뿐인 현생의 삶이 치매 어머니라고 소중하지 않으랴. 봄날처럼 따듯한 2월의 볕살 아래 97세를 일기로 이승의 생을 놓으신 시어머니…. 그 요강이 자취를 감춘 슬픔과 애도 속에 마을 분들이 멘 꽃상여를 타고 어머니는 머나먼 하늘 길로 영원히 떠나셨다. 후회는 언제나 나의 것, 나는 지금도 후회의 미련에서 영영 자유롭지 못하다.

이름이 낯설다

자신의 대를 이어 줄 자식이 잘되기를 바라는 부모 마음은 옛날이나 지금이나 다르지 않다. 하여 작명가를 찾아 이름을 짓기도 하고 또는 좋은 단어를 찾아 고심 끝에 자식의 이름을 짓거나 존경받는 위인들의 이름을 따서 부르기도 한다. '정분', 내 이름이다. 때론 "정분 났네" 하는 놀림도 받았지만 부모님이 지어주신 이름 정분은 곧을 정貞에 가루 분粉이다. 지극히 촌스럽고 흔한 이름이다. 그나마 '정자', '정이', '정순'이 아닌 게 얼마나 다행인가.

꽃다운 젊은 시절 밥줄인 구멍가게로 웬 약장사 한 분이 찾아들었다. 나이가 듬직한 그분은 마을 문중어른과 함께였다. 한참 뜨내기 약장수들이 마을마다 다니며 한방약을 팔던 시절이기도 했다. 문중어른은 내 이름을 묻더니 사주풀이로 약장수가 해석을 해준다고 했다. 한문으로 내 이름을 쓰고 숫자를 나열하더니 사주팔자에 귀한 '천문天文'이 세 개가 들었다고 했다. 그 뜻이 뭐냐고 물으니 하다못해 학교 선생을 하더라도 천문이 한 개는 들어야 한다고 했다. 웬 믿지도 않는 사주일까, 까마득 잊고 지나갔다.

그 이름 덕일까. 마흔여덟에 시집을 내면서 몇 권의 시집을 더 보태 내 이름이 들어간 여섯 권의 책을 발간했다. 아직 미발간한 원고들이 컴퓨터에 몇 권쯤 쌓여있는 상태, 하지만 내 인생 최악의 해가 닥친 작년, 명리학과 역학으로 강의를 하고 사주를 본다는 곳을 찾아 다시 이름을 들이댔다. 올곧고 강인한 소나무 한 그루가 내 이름이고 팔자란다. 뭔가 크게 쓰고 소설까지 히트친다고 한다. 하, 믿어야 될까. 이런 번뇌의 고통에서 책이고 나발이고 뭐가 위로가 되겠는가, 반신반의로 마음만 더 괴롭다.

책이 보물처럼 귀한 대접을 받던 시대는 옛날이다. 한 권의 소설책과 시집을 빌려다 돌려가며 읽던 시절도 아득한 과거사다. 넘쳐나는 홍보의 시대, 원하지 않아도 쌓이는 책의 홍수에 멀미가 날 정도다. 그 옛날 학교 도서관이나 친구네서 빌려온 소설책의 줄거리에 홀려 밥 먹는 것도, 잠자는 것도 잊고 호롱불 밑에서 날밤을 새던 흥미는 다 어디로 사라진 걸까, 어머니는 책을 다 읽어야 밥도 먹고 잠도 자는 나를 책벌레라고 눈을 흘기셨다. 그래도 책을 빼앗거나 못 읽게 하지 않으신 게 다행인 시절이었다.

간혹 친구네 집이나 공공장소 책꽂이에 꽂힌 책이 너무 부러워 나도 훗날에는 많은 책을 소유한 소장가가 되겠다고 생각했다. 지금도 변함이 없건만 내가 죽고 없는 사후에 처리할 일을 생각하면 '이 책을 다 어쩌나' 하는 끔찍한 느낌도 든다. 그래도 가끔 보내오는 문인들의 사인본이나 꼭 읽고 싶고 마음에 들어서 구입한 다양한 책들이 창고 겸 서재의 책꽂이에서 나란히 키재기를 하는 모습은 밥 안 먹어도 배부른, '책은 마음의 양식'이라는 포만감으로 채워진다. '세 살 버릇 여든 간다' 라는 속담처럼 지금도 책을 읽다 잠이 들어야 하는 습관은 좋든 싫든 평생 친구라고 본다.

책이든 신문이든 간판이든 눈에 띄면 읽어야 직성이 풀리던 청년기 젊은 날이 가고 누군가가 건네준 자신의 명함이나 다름없는 책을 받아 와서는 무심코 꽂아 놓은 후 무심하게 지나가는 날이 많아졌다. 평생을 흠모하는 문인들의 문패가 적힌 책과 다른 생생한 삶의 진면목이 드러나는 누군가의 명함이다. 문득 시집 꽂이에서 누군가의 시집 한 권 빼 들었을 때 떨어진 메모 한 장, 기억에 전혀 없는 난감한 낯선 이름 앞에서 아득한 기억의 흔적을 좇아도 막막할 때가 간혹 있다. 어디서 만났을까, 누구였던가, 이렇게 이름과 전화번호까지 적어 줄 사람이라면 악수도 나눴을 터, 잊고 있는 나 자신이 민망하다.

이름이 낯설다

저마다 환한 문패들을 뽐내는 책꽂이에서/ 시집 한 권 빼 들었을 때 / 툭, 떨어지는 메모지 한 장/ 그 뒷면에 괴발개발 휘갈긴 이름과 전화번호/ 누군지 아득하다

어디서 만났던 인연인지/ 기억조차 떠오르지 않는 이름이/ 내키지 않는 악수라도 나눴을/ 희희낙락 헛웃음이라도 전달했을지도 모를/ 민망한 균열이/ 머릿속 가득 망각과 혼동으로 번지는 갱년기

내 이름을 쓰고 지운다 지우고 쓴다

사는 건 과거며 잊히는 거라고/ 쓰디쓴 약발처럼 탕진하는 거라고/ 자위하듯 낯선 이름 가만히 불러본다

- 시집 『울음소리가 희망이다』(2014)

이승의 인연은 옷깃만 스쳐도 전생에서 삼천 번을 만나야 한다고 한다. 흔히 만나면 하는 인사가 보편적으로 서로 손을 잡는 악수라지만 그 메모지의 인물과 악수조차 나눴는지도 기억하지 못하는 갱년기의 우울증은 아이구야, 미안할 뿐이다. 지금은 '미투' 라는 개념으로 상대방이 원하지 않는 악수도 희롱죄에 속한다는 지적이 있다. 수많은 정치인이 악수와 명함으로 자신을 홍보하던 시대에서 상호의사 존중의 개인주의가 대세다.

나도 내 이름으로 된 시집에 산문집에 무수히 남발한 이름 석 자를 현시대를 함께 사는 지인과 동기간 혹은 얼굴조차 모르는 많은 분께 보내고 기억해 주기를 바라고 또 글쟁이로 알아주기를 바라는 행위를 서슴지 않았다. 머잖아 잊힐 이름이건만 쓰디쓴 약발처럼 남들이 기억해 주길 바라는 이기주의자다. 인류의 역사는 동서고금을 막론하고 자신의 이름을 먼 훗날까지 기억해 주고 남기기 위해 한생을 탕진하는 과정이 아닐까. 오늘도 숱한 이름이 지구를 떠나 소멸업장에 들 것이다. 호랑이는 죽어서 가죽을 남기고 사람은 죽어서 이름을 남긴다는데 너무 남발한 이승의 이름이 별이 아니라 쓰레기처럼 우주를 돌고 도는 건 아닐까. 아찔하다.

그리움이란 짐승이 동거한다

우리나라의 결혼 적령기에 든 청춘 남녀의 결혼 비율보다 청년 1인 가구 비율이 더 높다는 현실이 대한민국의 현주소다. 1인 가구 비율은 전체 가구의 35%를 차지한다고 한다. 독거노인 가구보다 청년 1인 가구가 더 많다는 현실을 바라보는 기성세대는 나라의 앞날이 암담하고 서글프다. 현재도 청년 인구보다 노인 인구가 더 많다고 하는데 이대로 간다면 장래 우리나라의 인구 절벽은 불 보듯 훤한 미래다.

나라를 이끌어갈 아이들의 출생도 해마다 줄어들어 정부에서 별별 선심정책을 다 만들어 자녀 낳기를 권장하지만 아무래도 '소 귀에 경 읽기' 같다는 생각이 국민들 심리에 만연해 있다는 느낌이다. 여러 요인이 작용할 수 있겠지만 청년들에게 혼자의 생활과 문명의 기기가 가족보다 우선하다는 반증 같아 씁쓸하다. 나보다 가족이 있어야 가정을 이루고 가정이 있어야 건전한 국가로 발전하지 않을까. 청년들이 제발 결혼도 하고 아이들도 낳으라는 법이라도 만들면 어떨까 싶다.

우리 집도 아들과 큰딸이 늦게 결혼을 했다. 아들 나이 서른다섯을 넘기자 내가 먼저 속이 탔다. 밑으로 두 여동생이 결혼 적령기를 넘길까 노심초사하는 나날, 연애도 못하는 아들이 한심했다. 그럴 때마다 "혼자 살겠다."라고 선언하는 아들도 야속했으나 설마 그럴 리는 없겠지 하는 바람이 부모의 마음이다. 어느 날 큰딸이 먼저 사윗감을 데려왔다. 큰딸 나이 서른넷, 적은 나이도 아니어서 단박에 "너만 좋다면 괜찮다."라고 일사천리로 큰딸의 결혼식을 치렀다. 늦은 만큼 어여쁜 손녀를 그해에 안겨 준 큰딸, 일주일에 서너 번 손녀를 맡기고 가는 딸이 도리어 고마웠다. 4대가 함께 사는 것이나 다름없던 우리 집은 손녀로 인해 웃었고 치매를 앓으시는 시어머니로 인해 우울하기도 했다.

어머니는 2007년 한 세기에 가까운 97세를 일기로 작고하셨다. 그해가 우리 가족에게는 애사와 경사가 세 번이나 있었던 해였다. 아들이 장가를 간 것이다. 며느리는 직장 생활을 하는 어여쁜 아가씨였다. 그렇게 맺은 연분에 하느님 조상님께 감사라도 드리고 싶었다. 아들 살림을 내보내고 막내딸까지 결혼시키는 겹경사, 한 해 세 번의 경조금을 내주신 친지와 동기간 이웃 지인들께는 정말 죄송한 일이지만 시어머니가 돌아가시고 자식들까지 짝을 만나자 나는 부모 노릇 다 한 것처럼 마음도 가볍고 몸도 가벼웠다. '이제 해방이다' 이런 평화와 자유를 만끽하고 싶어 오늘까지 살아온 것 같았다. 자유인 남편처럼 나도 오롯이 내 세상이 된 기분이었다.

그런데 왜일까, 그 자유에 적응하기도 전에 찾아드는 외로움. 식구가 없는 온 집안의 텅 빈 적막감을 느끼는 그 순간 전까지가 내가 누린 평화였다. 날아갈 것 같던 몸은 일이 없으면 천근만근 무거웠다. 집 앞 밭을 임대해 밭농사를 짓기로 했다. 밭이라야 양념 종류와 감자, 김장 무 배추 정도 심으면 되는 작은 밭이었다. 평생 먹고사는 일로 늙어가는 몸이 밭일하는 것은 전혀 문제가 되지 않았다. 그러나 농사일로 식구가 집을 비운 공허함이 채워질 리 없었다. 치매 증상이 있으셨으나 집 지킴이처럼 늘 집 안에 계시던 시어머니의 빈자리는 후회로도 채워지지 않는, 영원히 뵐 수 없는 별리의 자리였다.

그리움이란 짐승이 동거한다

이제 집에는 나 혼자다/ 찬밥을 물에 마는 저녁 입맛까지 가출했는지/ 까칠한 모래알이 목젖에 걸린다/ 올봄 여섯 식구의 밥을 푸던 주걱도/ 허기를 참지 못해 종내는 가출할지도 모른다/ 그 많던 신발들 주인을 따라 모두 사라지고/ 30평 적막에 온 삭신이 다 쑤신다/ 꽃 피는 봄이 오면 북망산에 묻으라던 어머니/ 우수 경칩의 행간에서/ 아흔일곱 해를 지탱한 수저를 놓으셨다/ 남의 혼사가 내 자식이면 하던 부러움도/ 짚신도 짝이 있다는 속담 따라 둥지를 찾아 떠났다/ 한 생애를 이 평화를 갈구하며 노래했지만/ 부대끼는 살들이 따뜻한 걸/ 외로움이란 짐승과 동거하며/ 가끔 눈시울 촉촉 이슬을 매단다
- 시집 『울음소리가 희망이다』 (2014)

이 시는 그렇게 쓰였다. 속담에 '들어오는 식구는 몰라도 나가는 식구는 자리가 난다', '드는 정은 몰라도 나는 정은 안다' 라고 한다. 여럿이 함께 살 때는 서로 맞대고 사느라 정이 들어 힘든 것

도 모르지만 한 식구라도 집을 나가면 그 자리가 표시 나게 허전함을 나타낸 말이다. 또 알게 모르게 가족들이 집을 비우거나 떠나거나 했을 때 드러나는 심리를 표현한 말이다. 텅 빈 집안의 외로움, 그렇게 내 인생의 시간을 허비하는 '다 큰' 자식들이라도 어깨를 비비고 한 밥상에서 밥을 먹을 때가 가장 행복한 생활이었던 것이다.

내가 지지고 볶는 그 일상으로 복귀한 것은 일 년도 채 지나지 않아서였다. 늦은 결혼을 아이들 낳기로 경쟁이라도 하는지 아들 딸이 연년생으로 낳은 여섯 놈의 손주, 이번에는 보육할미로 외손녀들부터 돌보기 시작해 어느 날은 여섯 손주가 한 집 안에서 이리 뛰고 저리 뛰었다. 연년생 어린것들 때문에 초로에 접어든 '내 나이가 어때서'가 '손주 돌봐주기 딱 좋은 나이'라고 결론짓는 나날로 바뀌어 있었다.

아들네 딸네 모두 밥벌이에 맞벌이로 직장을 다녀야 한다는 현실에서 흙수저 부모는 손자녀라도 돌봐주어야 원망을 받지 않는다. 또 어린놈들의 재롱과 제 부모와 잠시라도 떨어지는 안쓰러움이 사랑으로 변질돼 은근히 아이들이 기다려지기도 했다. 한 살부터 일곱 살까지 어린이집 퇴원 후에 할미 집으로 오는 손주 놈들과 할미는 눈높이가 같아야 한다. 집 안이야 엉망이라도 괜찮다. 어린 놈들은 먹이고 놀아주면 최상의 즐거움이다.

요놈들은 한 놈이 "슈퍼 가자." 하면 떼거리 합창이 나온다. 결국 업고 유모차 태우고 걸리고 저들 먹고 싶은 걸 손에 쥐어야 합창 떼거리가 사라지는 조손祖孫의 즐거움, 울음과 웃음이 교차하는 집, 그게 사는 낙이다. 한 놈이 "응가 마려워요." 하면 다섯 놈이 한꺼번에 쉬든 똥이든 누어야 하는 닮은꼴 천재들이 어린것들이다. 동네분들이나 친척들이 오셔서 "어머, 어린이집이유?" 하며 선망과 부러움을 넘어서는 경이로움까지 받던 우리 집이다.

우리 세대처럼 제대로 먹지도 배우지도 못하고 먹고사는 일에서 치열하게 온몸으로 현대사를 관통해 온 노년들을 배려하고 환영하는 곳이 있다. 각 지역 자체에서 운영하는 취미교실이나 노인대학 복지관 등이다. 여유시간을 자신에게 투자하라는 프로그램으로 고생한 지난날을 보상받는 것 같아 농촌지역까지 인기가 많다. 그럼에도 나는 자식들 먹고살라고 자청한 보육할미 역할로 그런 곳에 가겠다는 충동이 별로 없었다. 내 자식 키우느라고 힘들었는데 왜 손주들까지 맡았느냐는 지인의 지청구에 놀면 뭐 하느냐고 웃지만, 행여 아플세라 다칠세라 한 순간도 마음 놓지 못하는 일이 어린아이 보육이다. 그러니 토 일요일 국경일 등 제 부모와 있는 날은 솔직히 내가 해방된 느낌이다.

나이 들수록 세월이 쏜 화살이라더니 어느 사이 아이들이 어린이집을 졸업하고 초등학교부터 중학교까지 다니는 학생이 됐다. 제 할 일들을 알아서 하니 이제 할미 손으로 해주는 일이란 거의 없다. 지난해 코로나로 학교를 자주 안 가서 가끔 밥해 주는 일이 고작 할미 일이었다. 학교를 안 가는 날도 공부보다 핸드폰에 푹 빠져 시간 가는 줄 모른다. 나도 여유시간이 생겨나자 손녀의 도움을 받아 네이버에 블로그를 개설했다. 손녀바보 시인할미가 쓰는 시난고난한 이야기들이 인터넷 정보의 바다에서 잠수를 탈지 헤엄을 칠지는 알 수 없는 미지수다. 내 체력과 필력의 한계에 머물지 말고 멀리까지 헤엄치길 기대해 본다.

오빠의 뻥튀기

폐농

지천명 나이에 낫 하나 들고 삽 하나 들고/ 산비탈 황무지를 스무
해가 넘도록/ 과수원의 옥토로 바꾼/ 불굴의 사나이로 통했지만/ 재
작년 전지하던 과수나무 사다리에서 떨어져/ 부러진 목뼈에 철심 박
은 일흔셋 나이에/ 과수원 오천 평 농사를 폐농한 오라버니

속절없는 세월은 주인의 발길이 끊겨도/ 복사꽃 배꽃 사과꽃이 흐
드러지게 피어나고/ 속아 내지 못한 꽃자리마다/ 다닥다닥 다닥, 다
닥다닥/ 아기 주먹만 한 과일 찢어지게 매단 가지들/ 못 본 체 잊었는
지 등 굽고 귀먹은 내 오라버니

짝 채워 시집간 딸 다섯 사위에게도/ 사시사철 일 많은 과수원은 매
력 없는 애물단지/ 농협 빚만 늘어나는 골병드는 농사라고/ 대물림
가업은커녕 물려줘도 싫다고/ 손사래 치는 땅이라는데/ 농부 병 깊고
깊은 아낙네 데리고/ 몇 해째 드나드는 병원비 버거워 / 장날 뻥튀기
장사로 연명하는 오라버니

주인의 발길 손길 끊어진 과수원은/ 식물 도감에 수록된 조선의 풀이란 풀이 죄다/ 떼거리 살림으로 일가를 번창시켜/ 고라니 멧돼지 두꺼비며 살모사까지 키우는데

바글바글 바글, 바글바글,/ 애벌레 진딧물이 꽉 찬 병든 과일들/ 바라보는 내 가슴의 애통 진통까지 먹어치우건만/ 다 자연으로 돌아갈 부질없는 인생사라고/ 뻥, 뻥, 뻥튀기로 한 방에 승부를 보는 내 오라버니

- 『너른고을문학』 제 21집

　작년에 팔순을 넘기신 내 오라버니는 뻥튀기꾼이다. 돈 많은 사람들이 튀기는 땅이나 집 투기가 아닌 오로지 한적한 시골 장을 서너 군데 다니며 '뻥뻥' 옥수수와 각종 농산물을 튀기는 뻥튀기가 생업이다. 산비탈 돌밭을 낫 한 자루 삽 하나 들고 과수원의 옥토로 바꾼 불굴의 사나이가 오라버니였다. 남자들의 로망이 '자연인'이라는 게 그때는 이해가 안 됐다. 고향땅을 떠나 도시의 노동자로 전전하며 열사의 땅 중동에서 몇 해를 살고 온 오빠는 생사를 넘나드는 죽음의 고비를 몇 번이나 넘긴 의지의 사나이였다.

　나보다 11살 위의 오빠는 쉰을 훌쩍 넘긴 나이에 아파트를 팔아 양평 산골의 황무지 땅을 장만하셨다. 딸 다섯 고등교육과 대학까지 가르치고 짝 채워 결혼시킨 오빠가 노후의 삶으로 선택한 로망이 황무지를 개간한 과수원 밭이었던 것이다. '소싯적'에 힘이나 덩치로 한몫하신 오빠는 모든 일에 최선을 다하는 성격이셨다. 그 결과는 나처럼 일중독이라는 병에 걸려 오로지 몸을 부려야 마음

이 편한 삶이 되긴 했지만 전 재산을 투자해 장만한 산비탈 밭은 황무지에 가까운 버려둔 땅으로 나무가 무성했고 밭이라기보다 산이라고 해야 할 정도로 경사가 심했다.

그 땅에 천막을 치고 자연인의 삶처럼 혼자 이 년을 사신 오빠의 행적은 놀라웠다. 오천여 평의 밭으로 변신한 질 좋은 마사토 밭고랑에 일렬횡대로 심은 과수나무들이 복사나무는 복사꽃을 배나무는 배꽃을 여린 가지마다 피우고 있었다. 순전히 오빠 몸으로 일궈낸 과수원 밭에 이어 또 집을 짓는 공사를 시작한 오빠, 건축현장의 노동과 십장으로 일한 경험으로 밭 주변에 널려 있는 돌을 이용해 견고한 돌집을 짓기로 했다고 한다. 뼈대만 철근을 세우고 손수 지은 집, 가지런한 돌 벽과 돌담, 넓은 방과 거실은 견고한 집이자 성이었다.

오빠 내외가 이사를 하고 과수원의 복숭아와 배가 유기농 농사로 출하되면서 점점 일이 늘어나기 시작했다. 이른 봄부터 하루 종일 밭에서 살아야 하는 고달픈 농사가 과수원 일이었다. '동구 밖 과수원길'은 꿈같은 정경일 뿐 끝없는 노동일인 과수원 농사, 꽃이 피면 솎아주고 열매가 크면 봉지 씌우고 풀 깎고 거름 주고 햇볕에 익으라고 봉지 벗기고 과일 선과장으로 출하하기까지 모든 과정이 일과의 전쟁 같았다. '과수원 길' 노래를 부르며 낭만적인 감상에 젖어 오빠네 집을 찾는 동기간과 이웃들은 모두 그 엄청난 일을 저지른 오빠의 괴력에 놀라고, 바위라고 해도 될 돌 벽의 위용에 놀라고, 다디단 과일 맛에 놀라는 세 번의 감동을 받는다고 했다.

그런 어느 날 올케언니의 다급한 전화가 걸려왔다. 비탈진 언덕의 나무에 사다리를 걸처 놓고 전지작업을 하던 오빠가 사다리와 함께 절벽 아래로 넘어지면서 크게 다쳤다는 전화였다. 서울의 대학병원 응급실로 실려갈 정도로 생사가 불투명한 대형사고에 눈앞이 캄캄했다. 목뼈 세 개가 부러지고 갈비뼈까지 부러졌다는 큰 중상을 입은 오빠, 몇 시간에 걸친 수술로 목숨은 건졌다고 했다. 그러나 앞으로 목과 등이 부러지고 휘어져 농사일은 못 할 것이라는 의사의 말은 불행 중 다행이었다.

'안 되면 되게 하라'는 현대그룹 창업주 정주영 회장의 명언이 오빠의 좌우명이다. 몇 달간 치열한 재활치료 받고 퇴원한 오빠가 이상한 일을 벌이고 있다고 하는 언니의 전화에 달려간 오빠네 과수원 집, 뻥, 뻥, 포탄 터지는 소리와 함께 뻥 튀긴 옥수수가 허공을 날고 있었다. 오빠는 퇴원과 동시에 장날 나오는 뻥튀기 아저씨께 수업료를 내고 석 달간의 실습 끝에 뻥튀기하는 과정을 익혔다고 했다. 현대식 기계가 아닌 옛날 방식으로 튀기는 아날로그 기계와 화물차까지 마련하며 뻥튀기꾼으로의 만반의 준비를 하신 터였다.

인생에 정답이 있는가, 어느 삶이 모범 인생일까. 그 인생의 모범답안을 책으로 펴낸다면, 그래서 모두가 행복하다면 그 책의 저자는 영원한 베스트셀러의 소유자일 것이다. 울고불고 말린 다섯 딸들의 만류와 동생들의 걱정에도 "이제 내가 할 일은 과수원도 아니고 노는 일도 아니고 장터에서 인생 구경이나 하며 사는 것"이라는 오빠는 5일마다 열리는 조그만 장터를 이곳저곳 누비며 굽은 어깨로 뻥튀기를 튀기는 인생을 새로 쓰셨다.

가족들이 걱정했던 모든 염려가 기우였다고, 진즉에 이 길로 나

설 걸 그랬다는 말로 노익장을 과시하지만 아픈 아내의 병원비와 생활비를 직접 벌어 쓰는 오빠는 못 말리는 삶의 개척자다. 며칠 전 마을 아낙들과 찾아간 시골 장터, 오로지 오빠 혼자의 영역인 그곳에서 "뻥" 하는 소리와 함께 옥수수와 쌀이 몇 배의 크기로 튀겨져 구수한 냄새를 온 사방으로 휘날리는 그 파란만장한 팔순의 생애보가 오빠였다.

그러나 운명의 신은 다시 가혹하게 불행의 지름길을 닦아놓고 기다리는 걸까, 축제 장소마다 불려가던 오라버니가 작년의 매서운 겨울 추위에 노출된 두 다리에 동상이 걸렸다고 한다. 너무 아파 걷기도 힘들다는 오빠, 마지막 운명의 시련도 잘 이겨내시길 빌어보지만 참 하늘이 무심하고 야속하다.

나무꾼 아버지

싸락눈이 융단처럼 깔린 이른 새벽이다. 사랑채 지붕 위에 뜬 샛별로 시간을 점치는 어머니가 새벽밥을 해서 아버지 앞에 갖다 놓으신다. 시래기밥이다. 들기름 한 방울 넣고 화롯가에서 새벽밥을 드시는 아버지는 나무꾼이셨다. 새벽 아궁이에 지핀 불로 따듯해지는 낡은 이불 속에서 우리 삼 남매는 부모님의 부스럭거림에 졸린 실눈을 뜨고 본다. 점심으로 드실 밥까지 군합(군인들이 야외훈련 시 밥을 담아먹던 그릇) 철판에 담고 벙거지를 쓴 아버지가 뜨듯이 데운 낡은 군화를 신고 집을 나선다. 동네 아저씨 서너 분과 리어카에 지게를 싣고 나무를 하러 먼 산까지 가셨다.

민둥산이 이어진 마을 뒷산 대신 집에서 이십여 리 이상 가면 나무가 많은 깊은 산이 나타난다고 한다. 결운리라는 외진 마을, 참나무와 싸리나무가 많다는 그곳 험준한 산비탈이 아버지가 단골로 나무를 하러 가는 산이란다. 군부대가 이어진 신작로를 따라가야 한다. 우리가 살던 마을 언덕 위로는 공동묘지가 있다. 깎아지른 산비탈 절벽 아래로 고개가 이어져 있다. 경사도가 심해서 올라오려면 힘도 들고 숨이 차서 깔딱 고개로 불린다.

아버지와 동네 아저씨들은 싸리나무 참나무 등걸 소나무 검불들을 한 리어카 해서 끌고 오곤 했다. 그 깔딱 고개를 올라오려면 짐이 없어도 무척 힘이 들었다. 크게 보탬이 되는 힘도 아니었지만 나무하러 가신 아버지를 마중 나가는 일은 나의 몫이었다. 깔딱 고개 아래서 나무꾼 아버지들을 내 또래의 아이들과 함께 기다리며 고무줄놀이나 사방치기를 했다.

나무꾼 아버지

초저녁에 서걱서걱 낫을 갈던 아버지가/ 목침을 고이며 잠을 청하시면/ 어머니는 등잔불을 끄셨다/ 땟국 자르르한 이불 속 엉겨 붙는 발등 위로/ 낙엽처럼 포개진 숨소리들 잦아들며/ 키재기 하던 우리는 먼 꿈결로 끌려갔다

산비탈 가파른 고개를 넘는 아버지의/ 바튼 숨소리가 격자창을 가로질러/ 사랑채 용마루에 샛별로 뜨는 새벽녘/ 어머니는 화롯불 석쇠 위에 낡은 군화를 데우셨다

싸락눈이 메밀꽃처럼 깔린 마당을 나서는/ 리어카에는 잘 벼린 낫이 지게와 함께 실리고/ 아부지 오늘은 꼭 입쌀 사 와요/ 동생이 생쥐같은 눈을 반짝이며 매달렸다

저 멀리 고개 아래 일소처럼 리어카를 끌고 오는/ 아버지가 보이면 오빠와 나는 화살처럼 내달렸다

어서 힘껏 밀어라 쉬면 못 올라간다/ 마지막 결투처럼 내뻗은 두 팔에 수줄을 거며/ 들숨과 날숨이 성에꽃을 피우던 깔딱 고갯길/ 그해 겨울나무마다 흰 꽃이 무수히 피고 졌다

- 시집 『바람이 해독한 세상의 연대기』(2021)

고개를 넘으면서부터 군부대가 많았다. 하루에도 몇 번씩 먼지가 풀풀 날리는 신작로로 수십 대의 차량이 군인들을 태우고 달리는 광경은 경이롭기도 하지만 불편하기도 했다. 앞서가는 지프를 따라 군인차가 다 지나가도록 버스나 트럭이 앞지르기를 할 수가 없던 도로였다. 깔딱 고개 너머 평평한 지대에 부대 비행장이 있다. 민간인의 접근이 금지된 곳이다. 그러나 마을 사람들이 접근금지구역을 아슬아슬 피해서 강으로 이어진 철조망 언덕 아래를 파면 때로는 무더기로 고철이 나와 큰 돈벌이가 됐다. 한국전쟁 당시 북한군과 치열한 교전이 있던 곳이라는 반증이다.

우리도 동네 아저씨들처럼 괭이나 호미를 들고 고철을 캐러 다녔다. 밥벌이나 용돈이 되어주는 탄피 껍질과 탄환, 삭은 상자의 경첩 따위가 돈이 되었지만 때론 불발탄을 건드려 여럿이 다치는 사고도 나곤 했다. 노다지를 캐는 것이 아니라 목숨을 건 위험한 돈벌이였다.

나무꾼 마을의 아이들은 여름이면 화양강으로 불리던 홍천강에서 다슬기를 잡고 멱을 감았다. 꽝꽝 언 강기슭에서 팽이를 돌리고 발구를 타는 재미도 빼놓을 수 없는 놀이였다. 그런데도 그중에 횡재를 하던 때도 있었으니, 가장 신나는 일이 미군들이 탄 차량이 행렬을 이뤄 이동하는 순간이었다. 우리들은 미군 차량만 보였다

하면 쏜살같이 모여들었다. "웰컴!" 또는 "굿모닝!" 하며 차량 뒤를 따라 뛰는데 미군에게 통조림을 얻기 위해서였다. 그렇게 열심히 차량 뒤를 따라가면 미군들은 깡통을 던져주었다. 일정한 거릴두고 던져주는 깡통은 먼저 차지하는 아이가 임자였다. 체력이 달리는 나는 가장자리에 서서 손만 흔드는 일이 다반사였지만 어느날 내게도 행운이 날아왔다.

내 치마에 던져준 깡통, 그건 태어나 처음 맛보는 잊지 못할 간식거리였다. 햄 초콜릿 껌 버터까지 대여섯 품목이 들어있는 큰 깡통을 따서 우리 식구는 보물처럼 시식을 했다. 쓰디쓴 봉지커피는먹는 방법을 몰라서 그냥 버렸다. 배고픈 시대의 잊지 못할 추억이었다.

풍진세상의 벼랑 끝에서 전쟁 당시 피난길에 국방군으로 징집된 아버지가 휴전 후 살아오셨단다. 아픈 다리를 끌고 목수로 농사꾼으로 혹은 책 읽는 변사로 짧은 일생을 살아오신 아버지는 마지막 직업이 나무꾼이었다. 생전에 이 딸이 효도 한 번 아니 감사한마음 한 번 표현하지 못했는데 40대라는 젊은 나이에 머나먼 하늘나라로 가셨다. 그때는 월사금도 제대로 주지 않는 아버지가 미웠다. 또한 아버지가 전쟁 중 얻은 병명도 모르는 질병으로 아버지의온몸이 해가 갈수록 아픈 걸 이해하지 못했다. '효도하려니 부모가기다려 주지 않는다' 는 말의 의미도 몰랐다.

당신의 아픈 몸으로 식구를 위해 최선을 다하시다 돌아가신 아버지, 나이가 들면서 서럽고 그리운 그때의 시절이 흑백의 아련한필름으로 돌아간다.

생의 흔적, 그대가 혹은 내가 피운 꽃

　한바탕 바람이 불었다. 아니 열병처럼 나를 휩쓸고 갔다. 이른 봄날부터 불길 번지듯 화르르 타오른 열병, 덕분에 나는 또 한 권의 내 이름으로 된 시집을 펴냈다. 『바람이 해독한 세상의 연대기』, 내 시집 이름이다. 내가 세상으로 불어 버린 그 바람의 파장이 얼마나 갈까, 세상은 바람이 해독한 문자들에게 애정을 줄까, 아니면 춥다고 질타를 할까. 많고 많은 책 무덤에서 허공으로 흩어진 바람의 방향은 무관심이 정확한 정답일지도 모른다. 내 마음에서 떠나간 바람의 행방에 내가 연연하는 건 당연지사지만 어차피 판단은 독자와 세상과 바람의 몫이다. 그래도 따듯한 봄바람이었으면 좋겠다. 시집을 읽는 분들이 두꺼운 외투 한 겹 벗는 봄바람을 나는 기대한다.

　진즉에 마음에서 떠나보내고 싶었던 시편들이다. 제 부모의 밥벌이에 태어난 지 두 달 때부터 키우며 금지옥엽 돌봐주던 어린 손녀가 여덟 살 되던 2018년 처음 학교 가는 날 갑자기 심정지로 하늘나라로 떠났다. 그 캄캄하던 나날들, 늘 눈앞에 있던 아이가 곁에 없다는 건 끝없는 지옥의 나날 같았다. 그래도 제 부모의 심정이 오죽하랴 하는 생각에 식구들 앞에서 맘 놓고 아이를 찾을 수도, 울 수도 없었다. 참척의 고통을 견디며 울면서 보낸 일 년여, 끔찍이 사랑하던 손녀를 잃은 할미의 심정이 오죽했으랴. 정신을 차리고 나서 손녀가 그린 그림과 할미의 글을 보태 2019년도에 펴낸 『아기별과 할미꽃』으로 인해 미뤄진 시집의 원고를 꺼내면서 고민이 깊었다.

하지만 언젠가는 정리해야 할 컴퓨터 본체에서 잠자고 있던 시편을 깨운 것도 미세한 봄바람이다. 원고를 정리하고 경기문화재단의 2021년 문학 공모사업에 골치 아픈 여러 가지 필수서류까지 준비하여 보냈다. 접수하는 직원이 말을 흐렸다. "2019년도에 선정되셨으면 다른 분들을 우선하는 기준으로 또다시 선정되기가 힘들 수도 있습니다…." 그런 기준이 있는 줄도 몰랐다.

발표 시기에 재단에서 문자가 왔다. 예년에 비해 원고가 세 배나 많이 접수되었다고 한다. 부득이 발표 기한을 연기한다고 했다. 코로나로 인해 모두 어려운 시대 글쟁이들도 두문불출의 금족령에서 글로써 심신을 치유하고 있었다. 망설임 없이 방향을 틀었다. 오래전 나도 꽤 열심이었던 온라인 시모임 단체가 있다. 이제는 시집 발간은 물론 문학 계간지를 펴내는 출판사로 발전하고 있었다. 그 출판사 대표가 "우리 출판사에서도 시집 한번 냅시다."라고 호의적으로 건넨 인사를 전적으로 믿었다.

시집 원고를 출판사로 보내고 해설해 주실 분으로 정우영 시인님께 글벗을 통해서 청탁을 드렸다. 망설임 없이 선뜻 해설 승낙을 해주신 통 큰 시인님 덕분에 가장 걱정되었던 부분이 해결되었다. 표사는 권순진 시인님, 문동만 시인님 두 분께 부탁을 드렸고 역시 흔쾌히 승낙을 얻어냈다. 이러고 보니 내 시집이 아니라 문단에서 너무 유명한 세 분 시인님의 명성에 내 이름을 얹어 놓은 기분이 들 정도였다.

1차 편집본이 올 때까지 열흘 정도를 꼼짝없이 매여 살았다. 2014년 출간한 3시집 『울음소리가 희망이다』 이후 쓰인 시들이라 시대적, 시간적 괴리를 나름대로 퇴고하느라 전력을 다했다. 대체로 흡족하다고 맘 놓을 때 대형 사고를 쳤다. 저장 없이 다른 홈으로 옮긴 마우스 클릭으로 다 날아간 퇴고 원고, 눈앞이 노랬다 캄캄해졌다 하얗게 변하는 일생일대의 큰 실수, 내 실력으로는 간신히 워드나 치고 클릭으로 드나드는 인터넷 방이 컴퓨터 지식이다. 한글 파일을 아무리 뒤져도 허공으로 산산이 날아간 원고는 찾을 길 없는 미아가 되고 낙심과 허탈함으로 날밤을 보냈다.

내가 제일 신뢰하는 컴퓨터 박사 작은사위가 와서 모조리 검색해도 날아간 파일은 영원히 복구할 수도 찾을 길도 없다고 했다. 그나마 원본이 있으니 얼마나 다행인가. 하지만 첫 수정 작업에서 날카롭게 감각을 세우던 문장들은 전혀 생각도 나지 않았다. 퇴고의 묘미가 핵심이던 절정은 사라지고 시큰둥한 용두사미로 끝나는 문구들이 머릿속을 헤집어 놨다. 내 불찰이며 한계였다.

생각 없이 한순간에 실수로 날려버린 첫 수정 원고가 아까워 '다시쓰기가 없는 생生의 주의보' 란 문구로 시집 제목을 올려 보냈다. 한 번뿐인 인생에서 '다시쓰기' 란 없다. 머물지 않는 세월과 시간은 아무리 인간이 기를 써도 다시 살도록 되돌려지지 않는다. 예습도 복습도 없는 게 인생이다. 너무 험난했던 생애가 내 인생이다. 낙관도 방관도 금물인 긴장의 연속인 생애를 사느라 온 심신이 다 피폐하지만 그 와중에 시를 쓰고 글을 쓰는 호사가 가장 즐거웠다는 저자의 말을 보냈다.

등신불 연대기

제 몸을 태워 열반에 드는 촛불은 밀봉된 사연을 끝끝내 드러내지 않고 타오른다 바람 앞에 등불처럼 시대의 몸살을 앓던 조숙한 과거들이 이유 없이 검문하는 불온한 사유에 유배되어 절대적 신들에게 길들여지던 열병, 그 중독성, 분해가 빠른 무리들은 이내 늪을 헤어나는 방법을 알았지만 우리가 건너지 못한 늪은 디딜수록 허방이 되고 알코올 농도에 절여지는 삶을 위해 그대와 나는 쓰디쓴 건배를 들었다

생을 꺾는 온도는 빗금이 없어서 정답도 없다고 했다 자본주의가 지배하는 사회에서 그대가 내딛는 서릿발 깔린 어둠의 골목은 화해가 없었다 회생이 불가능한 사회의 외면에도 희화된 웃음은 늘 코앞에서 춤춘다 첫사랑의 이별을 서러워 말라 춤사위마다 일렁이는 기억의 환영이 존재하는 울음은 파도가 되고 몽유는 날마다 현실에 몸을 푼다

숨죽여 울고 있는 사람아, 사는 일에서 해방은 고통을 잉태하는 강을 건너야 가능한 금줄을 풀어야 갈 수 있는 면벽의 좌선이다 살아 온 세월들이 응결된 곳 그 터전에서 하늘 끝까지 닿는 울음을 터트려라

배웅 나온 인연들과 마중 나온 타인에게 경배하는 마음도 함께 가야
하리라

　사랑하는 사람아, 망각의 강은 온 우주를 돈다 어느 누구든 끝내는
건너야 하는 이승의 마지막 강물이다 죽음도 삶도 처연한 슬픔 속에
서 피어나는 만다라 꽃이다 삶을 두고 영원이란 허구의 말은 존재하
지 않는다 불편한 진실도 공평한 거짓도 무주공산의 허무다 그대가
해독한 세상의 연대기에 등신불로 공양한 경전, 그 흔적이 그대가 꽃
피운 다음 생이다
- 시집 『바람이 해독한 세상의 연대기』(2021)

　"한 생이 받아 적은, 간절한 응축의 무늬" 정우영 시인님이 보
내준 해설의 제목이다. 제목으로도 눈물겹다. 어떤 미사여구가 이
리 함축적 의미로 내 생애를 응결시킨 해설로 시집을 설명할 수 있
을까. 진심으로 정말 감사했다. 따듯한 삶의 무늬가 시보다 해설에
서 더 파동 친다. 해설한 시 역시 내 마음이 아렸던 작품들이다. 그
렇게 바람이 해독한 세상에 봄꽃이 피어났다. 진달래가 피었다 지
고 벚꽃이 피고 우리 집 마당가 향기가 진동하는 고추나무 꽃대가
수천 송이 꽃송이를 밀어 올리는 봄날이었다.
　『바람이 해독한 세상의 연대기』, 이 시집 제목은 「등신불 연대
기」란 시에서 차용하도록 권해주셨다. 제목으로는 다소 추상적인
'바람'의 범주가 큰 것은 어쩔 수 없다. 좋게 해석하자면 우리 모
두는 '바람이 해독하는 세상의 연대기'에 실려 살아가는 존재들
아닌가.

강원도의 힘

다시 돌아온 봄날이다. 아니 올해 새롭게 오시는 새 봄날이다. 따사로운 봄볕이 밖으로 유혹한다. 안 나가고는 견딜 수 없는 미혹이다. 외출도 아니고 만남도 아니고 텃밭 흙살에 손 비비며 호미를 쥐는 일이다. 벌써 앞마당 화단에 화초처럼 키우는 명이 나물은 이국의 식물처럼 군데군데 군락을 이루는 푸른빛의 전령사다. 틈새를 비집고 올라오는 돌나물과 망초, 민들레가 캐 먹어도 될 정도로 며칠 새 부쩍 자랐다. 작년에 저절로 씨앗이 퍼진 달래도 제법 실하게 올라온다. 가장 일찍 눈요기로 맛보는 봄나물이다. 내일은 보리밥에 달래장을 지져 먹어볼 요량으로 한 줌을 캐서 다듬었다. 마늘밭 비닐 이불을 벗긴 마늘 싹들이 하루가 다르게 키를 세운다. 대추나무 아래 나물밭에 참나물도 기어이 키재기 하듯 봄볕을 쬐고 있다.

흙과 노는 일은 단순한 일 같지만 중노동이다. 겨우내 다져진 밭을 쇠스랑과 삽으로 찍어내며 판 고랑에 흙을 다듬고 상추씨와 쑥 갓씨를 뿌렸다. 남정네가 해도 힘들 일을 몇 시간하고 나니 어깨

걸림은 물론이고 쉴 참에 깜빡 낮잠까지 잤다. 옆집 형님이 농협에서 출하한 감자씨를 나눠 심자고 하신다. 한 상자를 절반씩 나누고 아예 감자 심을 밭에 거름까지 폈다. 자식들이 힘들다고 짓지 말라는 게 농사일이다. 코앞이 밭이기도 하지만 내가 좋아서 하는 농사다 보니 힘들어도 하소연하기도 어렵다.

감자를 심으며 생각하니 내가 가장 싫어하는 농작물이 감자다. 혹시나 하고 작년에 캔 감자를 월동용으로 스티로폼 상자에 보관했더니 세상에나, 그 스티로폼 벽에 모조리 뿔 같은 싹을 들이박고 손가락 길이씩 싹을 밀어 올리고 있었다. 진즉에 남에게 인심이나 쓸 걸, 쭈글쭈글 말라빠진 감자를 내다버리며 어린 시절로 회귀하는 기억 속으로 잠시 빠져든다.

감자는 가난한 시대를 살아온 사람들에게는 유일하게 끼니를 이어주는 구황작물이었다. 특히 1950~60년대 한국전쟁 직후 식량으로 많이 먹었던 감자는 중요한 자원이 됐다. 강원도에서 많이 생산되고 강원도에 '감자바위'라는 애칭이 붙을 정도로 터줏대감 역할을 한다. 지금은 전국적으로 심는 농작물로도 인기가 높다.

강원도가 고향인 나는 한창 성장할 소년기에 질리도록 먹어 지금도 감자를 잘 먹지 않는다. 초등학교 고학년 무렵 보리밥도 못 먹는 집이 우리 집이었다. 그런 형편이니 도시락은 애당초 싸간 적도 없지만 오후 수업까지 끝내고 터덜터덜 집으로 돌아오면 허기진 배가 꼬르륵 소리로 요동을 쳤다. 혹시나 하고 먹거리를 찾아보지만 밥은커녕 아침에 먹다 남긴 감자가 부엌의 시렁에 얹혀 있거나 노구솥 속에서 한여름의 열기에 쉰내를 풀풀 풍기고 있기 일쑤였다. 그 쉰 감자를 점심 끼니로 서너 개 먹고 나면 질린다. 배고픈 생각이 싹 사라진다. 그 기억의 회로가 오늘까지 따라붙어 쉰 냄새 먼저 떠올리는 감자다. 지금은 떡을 비롯해 과자, 전분 등 감자로 만드는 음식이 온 국민의 사랑을 받는 기호식품으로 등극한 지도 오래됐다.

어느 해 문우들과 강원도 평창으로 가는 여행길에서 본 감자밭 풍경! 짙푸른 신록이 한창인 오월 무렵이었다. 원주를 지나면서부터 감자밭이 수천수만 평씩 이어지고 있었다. 시퍼런 생명력이 파도처럼 물결치는 감자밭! 장관을 이룬 감자밭의 광경에 이 시 한 편이 탄생했다. 타향살이 서러운 객지에서 감자바위로 놀림을 당하던 내 고향 강원도가 우리나라 최적의 휴양지로 선택되고 있는 현실, 격세지감의 현주소다. 강원도로 향하는 수많은 차량들이 우리 마을을 통과한다. 그 청정 무공해 지역이 오래 건강해야 우리나라 국민들도 행복할 것이다.

강원도의 힘

영동고속도로 원주를 지나면서부터/ 판박이처럼 닮은꼴 풍경들 속에/ 누대를 이어온 꿈이 알알이 여문다/ 더도 덜도 없이 균등한 평화를 이루며/ 수천수만 평 어깨를 맞댄 채/ 시퍼런 혈족들이 기세등등 독을 품은/ 풀의 장관에 절로 감탄사를 연발하며/ 하얀 꽃 핀 건 파보나 마나 하얀 감자라고/ 억수장마가 와도 석 달 가뭄에도/ 견디는 게 땅이며 감자며/ 모름지기 강원도의 힘이라고/ 타향살이 서러운 객지에서/ 감자바우로 불리던 모욕도 잊고/ 으쓱, 내 복부에 힘을 주는 시

간이었다

- 시집 『울음소리가 희망이다』(2014)

부연해 덧붙이는 감자 이야기, 며칠 전 싹을 떼어낸 감자 몇 알을 쪘다. 식구 아무도 거들떠보지 않는 찬밥 신세인 감자를 내가 저녁에 먹은 게 화근이었다. 꼭 한 개 반을 먹었다. 잠자리에 눕는 순간 명치 끝이 매슥거리면서 어지럽기 시작했다. 그냥 어지러움이 아니라 온 집안이 빙빙 거꾸로 돌고 있었다. 눈을 뜰수록 어지럼증은 더 심해지고 급기야 심장까지 벌렁거려 비상약을 먹었다. 급체였을까, 아니면 심근경색의 전조증상이었을까. 할아비는 119를 부른다고 하고 나는 안 간다고 버티고, 소화제부터 사이다까지 먹은 후 바늘로 손가락을 따는 행위 끝에 헛구역질까지…. 아마 싹을 떼어낸 부위에 남아있던 솔라닌이라는 성분이 원인이었던 것 같다.

두어 시간을 고통스러운 와중에 순간 돌연사부터 생사의 운명을 가르던 무수한 내 곁의 주검들이 떠올랐다. 아기별의 마지막 순간이 이런 고통이었구나 하는 감정의 격앙과 아기 생각, 작년에 돌아가신 언니 생각에 하염없이 눈물이 흘러내렸다. 다행히 내 진통은 그날 밤으로 멎었는데 '카톡 카톡' 늦은 시간에도 이어지는 소리가 예사롭지 않았다.

아침에 열어본 폰에 가까운 거리에 사는 벗이며 문우인 지인의 부군께서 갑자기 심근경색으로 별세하셨다는 애도 소식에 조의를 표하는 안타까운 댓글들이 이어져 있었다. 한없이 우울한 소식에 고인의 명복을 빌며 한 치 앞도 모르는 인생사가 도처에 복병처럼 기다리고 있다는 생각으로도 한동안 힘들던 시절이었다.

술 거르는 아내

지난 가을에 담근 술을 걸렀다. 오가피열매 술이다. 까맣게 잘 익은 오가피 열매를 따다가 설탕하고 버무려 놓았다가 과일주 담그는 소주를 부어두었다. 가을과 겨울을 나며 잘 숙성된 술은 검은 빛깔에 향기까지 넘쳐 나는 약술이다. 고운 체에 면 보자기를 깔고 걸러낸 술이 맛도 향도 싱그럽기 짝이 없다. 앞뒤 뜰에 심은 오가피나무의 열매가 여느 해와 달리 작년에는 병충해를 덜 입은 것도 아마 잦은 비 덕분이었나 보다.

삼동을 견딘 최소한 알코올 도수 20% 이상일 오가피주를 걸러 내가 비운 포도주병에 옮겨 담았다. 그 정령들은 나를 유혹하건만 한두 잔의 술 이상은 허용하지 않는 심장의 이상 조짐으로 말 그대로 약술로 마신 지 오래다. 그 오가피 술은 나눠 줄 임자가 따로 있는지도 모르겠다. 어느 해 너무 익어버린 포도를 항아리에 따 넣고 밀봉한 후 뒤란 그늘 밑에 묻었었다. 그리고 난 후 까맣게 잊고 있다가 이듬해 꺼내었을 때 세상에나! 그 향기로운 시공간이 발효시킨 포도주의 맛과 빛깔이라니…. 추석 차례를 지내러 온 동서와 마주 앉아 됫병 한 병을 다 마셨다. 소주 두 잔을 못 마시는 지금은 꿈 같은 옛날 일이다.

술 거르는 아내

아내는 지금 술을 거른다/ 눈부신 면 보자기를 깔고/ 잘 익은 항아 리의 뚜껑을 열면/ 온 집안 가득 넘치는 적포도주 냄새

보랏빛 알알이 영근 대지의 말씀들이/ 축제의 날을 위해 숨죽이며 발효되는/ 어둡고 긴 고통의 시간을 지나/ 순도 높은 생애의 진액들이 / 가슴과 가슴을 뜨겁게 연결하는

백열등 불빛 아래 술 거르는 아내가 초대한/ 알코올의 정령들이 복 사꽃 빛으로 유혹하는/ 이 저녁 뜨거운 붉은 피톨 분분 떠다닌다
- 시집 『우리 집 마당은 누가 주인일까』(2005)

술은 성인에 따라 호불호가 분명한 기호식품이다. 나도 수십 년 간 애주가 순위에는 못 들어도 주酒님을 사랑하는 애호가였다. 막 걸리, 포도주 혹은 순도 낮은 주류 애호가로 주당 클럽의 멤버로 충분한 자격을 갖추었다고 자평하면서 지역의 주당 모임을 만들자 고 선동하기도 했다. 마시는 양보다 술이라는 호기를 빌려 즐겁고 마음이 통하는 분위기에 취하던 순수 애주가였다. 사실 나는 술이 라면 근처에도 못 가는 비주류였다. 결혼과 동시에 연세 드신 시부 모님을 모시고 살아야 하는 새 며느리가 처음 본 시댁 풍경은 악! 소리를 지를 만큼 생소했다.

뒷병 소주로 불리던 1.8리터 소주병을 끼니때마다 큰 컵에 한 잔씩 따라 반주로 드시던 시부모님이 주독으로 돌아가시지 않을까 내심 걱정했던 새댁이 나였다. 당시 이전부터 시부모님께 소주는 이유를 불문하고 만병통치약에 가까운 보약이었다고 한다.

시부모님이 애주가셨던 만큼 남편도 술이라면 남보다 폭음하는 애주가였다. 부부싸움에서도 술의 힘을 빌려 폭언을 퍼붓는다. 이런저런 이유로 부부는 닮는다고 한다. 그렇게 원수 같던 술에 나도 어느 사이 남편처럼 그 힘을 빌려 무장하는 아낙으로 변신하고 있었다.

나도 평소와 다른 행동, 정말 술의 힘을 빌리면 그렇게 쌓였던 불만과 갈등이 표출될 수 있는지 알고 싶었다. 역설일 수도 있고 갑에 대한 반면교사로 삼겠다는 생각도 있었다. 처음에 포도주로 시작한 주량의 한계가 소주와 맥주, 막걸리까지 섭렵하는 애주가로 발전했지만 결론은 나에게 알코올의 힘은 마음이 넓어지는 무진장의 바다였다.

넘실대는 물결처럼 풀어지는 마음의 풍요, 마음은 넓어지는데 몸은 축축 늘어지는 이중고가 술이 지닌 마력이면서 중독성이었다. '마실수록 술이 는다' 라는 말은 사실이다. 술의 힘을 믿는, 술에 의지하려는 약한 마음이 중독자로 만든다.

근래 우리 사회에 미투me too가 구원투수처럼 등장했다. 사회에서건 가정에서건 미투의 피해자와 주사酒邪의 피해자들은(지금도 현재 진행형으로 남모르게 고통받는 사람들도 많다고 여겨지지만) 고통 속에 살아간다. 용기내어 신고하고 가해자는 처벌도 받는다. 예전과 다른 평등, 얼마나 다행인가. 알코올의 힘은 진정한 자신의 힘도 아니고 술을 핑계로 행해지는 모든 악습들이 용서받거나 변명할 조건도 아니다.

힘들어도 한잔! 즐거워도 한잔! 술이 우리 사회에서 차지하는 영향력은 선함과 악함이 공존한다는 생각이다. 역사가 시작된 이래 술은 동서고금을 막론하고 정치판에서, 사회에서 숱한 역사와 야사를 지닌 채 오늘도 가장 사랑받는 기호 식품으로 손꼽힌다.

맨발의 꿈

손과 발이 큰 편인 나는 그게 부끄러운 잘못이 아니건만 신발을 사러 가면 괜히 주눅 먼저 든다. 발이 큰 여성이라면 외씨버선이나 갓 캔 마늘처럼 희디흰 작은 발로 예쁜 신발을 신는 것이 소망이리라. 한 번도 맘에 드는 신발을 사서 신어본 적이 없는 선머슴처럼 큰 내 발은 250mm는 신어야 편하다.

옛날 중국 여인들은 전족이라고 발이 크지 못하도록 헝겊으로 조여매어 미인의 조건에 충족한 발로 만들었다는데 근 천여 년을 이어온 풍습이었다고 한다. 그 시대 중국 남성들이 여성에게 가한 잔혹사다. 그 작은 발로 뒤뚱거리며 걸었을 여인들의 비애가 눈물겹다.

지금은 신체지수가 큰 청소년과 젊은이들이 더 부러운 시선을 받는 시대다. 신발 문수도 커졌다. 문수는 예전 호칭이고 요즘은 센티로 잰다. 어쩌다 맘에 드는 신발을 사서 신기도 하는데 예쁜 신일수록 불편함이 커서 후회하기도 하고 신발장 차지만 하는 신으로 전락하는 예도 많다. 그중 가장 편한 신발만 나와 동행하는 셈이다.

농사일로 자리 잡은 지천명 이후는 손과 발이 정말 고달프기 짝이 없는 나날로 하루가 간다. 평생을 내 손이 물 마를 새 없는 생활에 길들기도 했지만 발 역시 고달파서 뒤꿈치는 덕석처럼 성기게 터지고 엄지발가락은 영락없는 올챙이 모양에 무좀발톱이다. 그런 발과 손이니 혹시라도 누구와 악수를 한다거나 반가움에 덥석 손이라도 잡게 되면 "제 손이 두꺼비 손이랍니다."라는 말 먼저 튀어나온다. 손가락 마디에 볼썽사납게 툭 튀어나온 관절, 손바닥 여기저기 박인 굳은살, 내 손이지만 투박하고 딱하다.

"손이 따듯하고 복이 들어있네요." 덕담처럼 건네받는 인사를 듣노라면 그런가 하지만 부끄러움이 먼저 드는 건 어쩔 수 없다. 아무도 내 손이 험해서 발이 커서 밉다는 말은 안 하는 걸 보면 이상하지만 이 투박한 손으로 발로 내가 헤맨 삶의 현장은 얼마나 치열했던가. 생계를 도맡은 내 손과 발은 쉴 새 없이 일하는 기계와 같았다.

결혼 때 받은 금반지 한 쌍, 투박한 손가락이 그걸 끼워보지 못하고 늙어간다. 새댁 때는 닳을까 아까워서 못 끼고 나이 들어서는 굵은 손마디에 끼워지지 않는 반지가 생소하고 낯설어 보물처럼 장롱 속에서나 존재하는 사치품이다.

언제부터일까, 자타 공인 일 중독자란 인증 마크가 붙은 내 몸. 그러다 보니 내 몸 가꾸기는 어쩌다 있는 외출이나 모임 때만 신경쓸 뿐 따로 여유가 없다고 해야 옳다. 굳이 여유를 가지려면 손발에 크림 정도라도 발라 주어야겠으나 딱딱 갈라진 발바닥 틈새가 아프고 나서야 신경이 쓰인다. 발이 주인을 잘못 만나 고생이다.

맨발의 꿈

하루 종일 지루한 장맛비에 발목을 잡힌 날/ 몇 해째 서랍에서 뒹구
는 매니큐어 한 통을 꺼냈다/ 딸아이가 맘에 안 든다고 내게 준 금빛
펄 유리병/ 반짝이는 날개의 꿈을 눈물방울로 떨구는 금박을/ 발톱에
바르며 보았다/ 발바닥의 낯선 살들 형편없이 부르튼 각질/ 수십 갈
래 모자이크 형태로 갈라진/ 덕석 같은 내 맨발을,/ 너무 크고 못생겨
타인의 시야에서/ 늘 감추고 싶던 지문들을,

딱딱한 생애의 이력들을 만져보면/ 무딘 감촉으로 따스해지는/ 내
게 등 기댄 식구들의 탁발을 위해/ 갈매나무 등판 같은 길을 끌고/ 우
주를 헤맨 발의 문양이/ 난치성 환자처럼 애처롭다

나의 맨발아, 오늘은/ 굳은 제 살덩이 몇 조각 떼어내고도/ 쓰라린
과거사 들추지 않는 발바닥과/ 네가 거느린 엄지며 중지 그 투박한 가
솔들에게/ 금빛 찬란한 날개를 달아주마/ 천천히 앞으로 나아가렴
- 시집 『우리 집 마당은 누가 주인일까』(2005)

장맛비 내리는 지루한 여름날 딸이 준 금빛 펄 매니큐어 한 병을
난생처음 발톱에 발라보았다. 발톱들이 반짝반짝 금빛으로 빛나고
있었다. 그렇게 며칠은 발이 날개를 단 것처럼 신기했고 샌들을 신
고 외출해도 남 보기에 흉해 보이지 않는 묘한 매력을 보여주었다.
그런 매력에 여름 한철 생각나면 바르게 되는 매니큐어를 어느 날

어린 손녀가 할미가 한눈파는 사이 몽땅 쏟아버렸다. 아깝지만 내 발의 호사는 거기까지였다.

다 지나간 푸른 시절에도 바르지 않던 매니큐어 대신 올해는 발톱에 봉선화 꽃으로 물을 들였다. 무좀에 특효라는 속설 때문이다. 그마저 다 지워진 나날, 덕석 같은 각질에 과거사는 잊고 앞으로 나아가는 길을 가겠다고 시 한 편으로 다짐하는데, 이 금쪽같은 삼복의 여유 시간을 눕고 쉬고 놀고 먹고에 다 빼앗기고 만다.

약혼사진

1972년, 갈래머리를 길게 땋아 늘였던 아가씨는 상고머리 단정한 한 남자의 약혼녀로 사진관을 찾았다. 연분홍 한복을 맞춰 입고 난생처음 미장원에서 예쁘게 머리도 매만지고 화장도 했다. 미지의 신랑 될 사람과 약혼사진을 찍는 자리다. 남자도 나도 새로운 삶을 개척한다는 희망을 결의하듯 꼭 다문 입술이 흑백사진 속에 담겨있다. 미래는 연분홍 꽃빛처럼 꽃길일까, 설레임이 파도치던 청춘시대였다.

꼭 반세기에서 일 년이 빠지는 햇수다. '맞선' 이라는 낯선 자리에 나갔던 날이…. 그 운명의 만남이 내 한평생을 얽어매 한 가정의 아내로 며느리로 엄마로 살아온 날들이 반세기다. 내 인생은 피어나는 꽃이던 시절을 지나 한창 만개한 젊은 아낙으로 세 아이라는 씨앗을 떨어트렸고, 그 씨앗들은 잘 자라서 나름대로 열심히 사회인으로 살아가고 있다. 그 사진이 지금은 누렇게 변색되어 있다. 마치 우리 부부의 지난한 과거사처럼, 약혼의 의미로 찍은 낡아가는 사진 한 장, 연애결혼도 아니고 중매로 만난 사이에 결혼을 앞

두고 행하던 일종의 약속을 약혼식이란 약식 행사로 결혼의 증표처럼 찍은 사진이다.

우리 세대의 부모에게 요즘 자녀들의 효도가 그리 흔한 일이 아니라고 한다. 오히려 부모에게 손 내미는 자녀들을 '금수저'니 '엄친아'니 하고 부러워하는 세상이다. 흙수저 부모 만나서 어려서부터 유학도 못 가고 청소년기부터 알바로 학비 벌며 큰, 제대로 호강도 못 한 자녀들이 내 자식들이다. 그럼에도 남들이 부러워하는 성실한 '효도족' 아들딸이다.

그만하면 잘 산 인생이라고 해도 되는 걸까. 비단 결 같던 까만 갈래머리가 파마와 염색을 거치면서 늘어나는 주름살이나 뱃살과 달리 정수리가 훤히 보이는 숱 없는 흰머리가 되기까지 세월은 쏜살처럼 흘러갔다. 인간은 늙어 가는데 돌아보니 경천동지나 천지개벽이란 말이 어색하지 않을 정도로 세상은 발전했다. 문명의 발달은 불과 오십 년이란 세월이 수천 년의 역사를 앞선 느낌이다. 그 빠른 물질문화에 편승해 생활의 속도도 가속이 붙어 이제는 전자문명 없이는 아무것도 할 수 없는 지경에 다다랐다. 특히 내 손안의 전화기에 들어있는 상상을 초월하는 가공할 전자 문명은 호기심을 넘어 공포스럽다.

부부의 인연은 전생에서 7천겁七千劫의 세월을 쌓아야 이승에서 부부로 맺어진다고 한다. 겁이란 낙숫물이 한 방울씩 떨어져 바위에 구멍을 뚫는 오랜 시간이란 뜻이라고 하니 감히 상상이 가지 않는 세월이다. 그런 세월을 견디고 부부로 맺어졌으면 서로에게 감사한 인연으로 잘 살아야 하건만 현실은 그 반대로 전생의 원수가 부부로 환생했다고, 많은 부부가 등 돌리는 원인은 어디 있을까. 황혼이혼이 젊은 부부의 이혼율을 앞질렀다는 통계는 불행하지만 더 이상 일방적인 부당함에 참고 살지 않겠다는 부부간 갈등의 표출이라고 본다.

엊저녁 야삼경에 잠에서 깨어 유튜브에서 법륜스님이 답해주시는 즉문즉설 코너의 질문과 답을 들었다. 한 여인이 스님에게 지인의 소개로 남편과 네 번 만나고 결혼했는데 막상 결혼하고 보니 서로의 성격이 정반대였다고 한다. 그때부터 부부가 싸우면 아내는 남편에게 온갖 폭언을 다 퍼붓고 살았다고 한다. 외향적인 아내 대신 남편은 너무 가정적이어서 어린 두 아이들까지 다 길렀다고. 그런데 운명의 신은 아내와 아이들을 남겨놓고 남편을 하늘나라로 데려 갔다고 한다. 막상 남편이 없는 세상에서 아내는 남편에게 그동안 너무 못해준 일들이 떠올라 전생에 내가 무슨 죄를 지어서 이렇게 남편을 빨리 하늘이 데려갔느냐고 울면서 후회하는 질문을 했다.

너무도 처연한 울음소리를 한참을 듣던 스님이 드디어 설명을 하셨다. 전생이 어디 있느냐, 전생이란 것은 없다. 인간이 생각하는 전생은 허구다, 보낸 사람을 그토록 죄책감에 시달리며 날마다 울면 자신의(아낙의) 앞날이 행복할까 반문하면서 엄마가 울면 아이들이 행복할까, 죽은 남편이 좋아할까 이런 말씀을 하셨다. 또 앞으로 혹시라도 재혼을 하면 죄책감을 지닌 채 하는 그 결혼이 행복할까, 자신이 행복하게 살아야 앞날도 행복할 것이 아니냐는 명답을 제시하시는 스님, 지극히 평범한 진리고 부처님 말씀이신데 왜 살면서 부부간에 소통이 안 되는 것일까. 특히 이 나이에도….

부부는 동등한 입장으로, 어느 일방적인 권위와 특별한 우대는 지극한 경우가 아니면 서로 아니라는 게 나의 생각이다. 상대의 입장에서 배려하고 생각하며 함께 노년을 살아가는 벗이 부부가 아닐까, 서로의 잘못을 탓하기보다 한생을 희생한 안쓰러움으로 감싸준다면. 하지만 이런 모든 게 서로를 불신하는 불통으로 변질되면 무늬만 부부인 채 서로 미움을 키운다고 본다.

살아오면서 그 인연의 옷깃 찢고 싶었던 날 얼마나 많았던가, 남편이 화를 쏟아놓고 밖으로 나가는 날이면 그날 밤에 닥칠 폭풍전야의 긴장감에 가슴 졸이며 숨죽이던 날 얼마나 많았던가. 나는 살얼음판을 딛는 날들을 견딘 통증으로 이렇게 심장 약을 달고 사는 신세로 전락했다. 그 원인 제공자가 나라니 내 탓으로 여긴다. 그럴 수도 있겠다 싶다. 손뼉도 마주쳐야 소리가 난다. 다 벗어나고 싶은 마음, 어쩌면 평생을 벼른 일탈이겠지만 실현 불가능하고 빛바래서 이제는 그럴 용기도 없는 세대가 됐다. 다시 살기가 없는 생의 주의보다.

약혼사진

인터넷 딸아이의 홈피에서 앳된 청춘 남녀 한 쌍을 본다/ 흑백의 명암이 누렇게 바래 케케묵은 세월의 더께가 앉은/ 우리 부부의 30년 전 약혼사진/ 갈래머리 양쪽 어깨로 늘어뜨린 처녀와/ 상고머리 단정한 총각의 청순하고 선량한/ 한 쌍의 화인이 살을 맞대고 가정을 이룬 언약이 되었다/ 전생에서 삼천 번쯤 옷깃을 스쳐야/ 부부의 연을 맺는다

고 했던가/ 만 번이 넘는 날들 살아오면서 그 인연의 옷깃 화악 찢어
질 때 많았지/ 찢어진 옷 벗어놓고 어린것들 데리고/ 두둥실 하늘로
오르는 날 많았지/ 그러나 삶은 어디서나 총천연색/ 그 설익은 꿈들
차마 버릴 수가 없어서

- 시집 『우리 집 마당은 누가 주인일까』(2005)

신神의 이름으로

神의 이름으로

때로는 남모르게/ 은밀한 비밀 하나 간직하듯/ 세상에서 가장 귀하
고 따뜻한/ 신 이름 하나/ 내 영혼 깊숙이 새겨 넣고 싶다/ 어느 고달
픈 구도자가/ 고행의 여행길에서/ 성스러운 깨달음을 한순간에 얻듯/
내 늙골이 삶의 중량에/ 형편없이 휘청일 때/ 신의 이름을 주문처럼
외노라면/ 신기루 같은 묘약으로/ 상처 없이 내 비애를 다독어주는/
그런 영험한 신 한 분/ 모시고 싶다

- 시집 『벌열미 사람들』(1998)

100세 시대라는 명약을 처방받은 황혼 세대가 젊은 주역들 뺨치
게 잘나가는 시대다. 경제적인 소비에서도 잘 팔리는 맛집에서도
황혼 세대의 돈줄은 젊은 세대를 앞지르는 것 같다. 그뿐이랴, 출
퇴근 시간을 제외한 시간에 전철이나 버스를 타도 늙은이들이 자
리 차지한 모습이 더 많다. 그중 일원인 나는 어떤가, 늘 일탈을 꿈
꾸지만 육신은 영락없는 노년의 문턱에 걸려서 방콕 집콕으로 평

안에서 뒹굴며 안주하려고 기를 쓰는 모습이 아닐까. 스스로도 한심하다. 몸은 자꾸 눕는 게 편한데 마음은 아직도 철없이 방황하는 미아 같다.

이럴 때 내가 기대는 영험한 신이라도 계시면 좋으련만 주제에 영혼을 의탁하는 신 한 분 없는 처지이고 보니 더 서글프다. 지구와 우주상에 존재하는 신을 정신의 지주로 믿으면 행복할까, 신의 계시가 혹시라도 내 정신에 깃들면 이런 마음의 방황은 믿음으로 치유될까, 가만히 상상해 보기도 한다. 그것도 남의 일이다. 신의 존재를 부정하는 마음이 더 컷던 지난날들이 떠올라 다 부질없는 행위라는 결론이다. 내가 어려서부터 특별한 종교를 믿지 않은 부모님의 영향이 컸다. 어머니는 절이나 교회를 가는 일도 없을뿐더러 굿이나 점을 보러 다닌 기억도 없다. 그렇다고 고사를 지내거나 부정을 타는 어떤 행위 등을 한 기억도 떠오르지 않는다.

내가 결정적으로 무신론자의 편향에 선 계기는 결혼하고부터였다. 청년기에는 예수님의 존재보다 성탄절과 주일학교 등의 분위기를 탄 사이비 신자로 교회 쪽을 몇 번 기웃거리기도 했었다. 결혼을 하고 보니 미신을 절대적 신으로 모시던 시어머니를 중심으로 사이비 믿음에 현혹된 가족이 시댁이었다. 미신이라면 딱 질색이었던 나는 이러지도 저러지도 못하고 시집살이하는 며느리였다.

왜 그토록 미신숭배에 절대적이셨는지 나중에 시어머니께 들어서 알았다. 젊은 날 시어머니가 겪으셨던 한 가정의 몰락을 불러온 미신, 그 후 미신을 믿고 만신이 하라는 대로 하며 시어머니는 절대적 미신에 기대셨다. 시어머니의 지나친 미신숭배는 부작용이

뻔했다. 백일기도를 드리고 온갖 부정을 탄다는 일을 금기로 여기셨다. 하다못해 가게 바닥을 기는 벌레조차 죽이면 부정 탄다고 야단을 하실 정도였다.

대부분의 시골 어머니들이 점집을 드나들며 한 해의 부적을 받아다 가족의 무사안일을 빌던 시절이기도 했다. 정월과 가을에는 고사떡을 해서 대문부터 방은 물론 장독대와 외양간까지 접시에 담아내셨다. 그곳에 뿌리내린 터주신을 위하셨으며 정화수로 치성을 드리는 모습은 어머니에게 지극히 당연한 믿음이었다. 모든 집안일이 길일과 손 타는 날로 정해졌고 당신이 하늘같이 믿는 만신 이외 신의 존재는 말짱 위악이라고 믿으시는 분이셨다.

그러다 만신이 세상과 하직하고부터 부처님과 가까워지셨는데 이 또한 경건한 믿음의 정도를 지나쳐 석가모니 부처님이 아닌 믿음의 대상이 스님이셨다. 스님을 부처님으로 믿는 절대적 믿음으로 한 달에도 몇 번씩 절로 향하셨고 자식을 위한다는 명분을 앞세우는 시어머니의 지극정성에 편하신 대로 하시라고 할 수밖에 없던 시절이었다.

스님이 타 지역으로 승적을 옮겨 가시자 그곳으로 다니기 시작하셨는데 아무도 못 말리는 정성과 편애였다. 큰딸이 운전면허를 취득하고 가게 물건의 배달을 위해 티코 승용차를 사주자 손녀는 할머니를 스님이 계신 절로 모시고 다녔다. 나 또한 미신에서 벗어나 부처님을 믿으시는 것만 해도 다행이었던 터라 몇 번 어머니와 함께 다녔던 기억이 선명하다. 그러다 아흔을 넘기시면서 거동이 불편하시고 큰딸도 취직하고부터 절과 스님과 어머니도 멀어졌다.

아침저녁 자그만 돌부처 앞에서 어머니가 오로지 기도하는 발원문은 자식들 잘되게 해 달라는 맹목적 기도문이었다. 경전을 읽으실 줄 모르니 마음의 소망을 말씀하시는 것이었다.

초기 치매 증상이 있으신 어머니가 우리 집에 방문하는 친지나 이웃에게 "나무아미타불 관세음보살…" 하시며 몇 번씩 같은 말로 합장하는 모습은 저절로 있던 불심도 사라지게 하는 기도였다. 뒷모습에 대고도 합장으로 배웅하는 모습 또한 그리 환영받는 인사는 아니어서 예수님을 믿는 분들에게는 미안했다. 새집으로 이사한 후 고사 등의 행위는 내 권한으로 없애 버리고 생존해 계실 동안 사월 초파일 부처님 탄신일에 등을 거는 연등행사는 딸을 통해 이어졌는데, 그마저 어머님이 별세하신 후 자연스레 접게 되었다.

많은 지인들이 내게 그리스도의 행적을 적은 성경에 모든 진리가 담겨 있다고, 읽어보면 더 글이 잘 쓰인다고 권고한다. 또 교회로 입교하는 소망을 간절히 기도한다고도 전해온다. 절에 다니는 지인들은 시어머니의 뜻처럼 부처님을 믿어야 가족이 평안하지 않겠냐고 대물림을 이야기한다. 때로는 나의 이런 배타적인 무신론이 내 영혼까지 잠식해 더 삭막해지지 않았나 회의가 들기도 한다. 내 스스로 내 마음의 중심, 인간다움을 믿는다는 자만이 빚은 오만이었지만 때때로 부딪치는 인간사에서 지친 영혼을 스스로 일으켜 세우기에는 한계가 있었음을 자인한다.

그럼에도 아직 나는 신에게 의지하고 싶다는 마음은 그리 크지 않다. '신을 믿어보라' 는 충고도 가끔 듣는다. 어찌 인간에 의해 상처받은 영육이 수천 년 전에 존재했던 신들의 행적을 읽을 수 있으랴. 다만 신들이 복음으로 뿌리신 삶을 위로하는 귀한 말씀의 경전을 주워 들으며 지구상 우주상에 존재하는 모든 신들에게 경배하는 마음만 간직하고 싶다.

4부

하룻밤 꿈에라도

한 시대에 이별을 하는

너른고을 광주廣州는 조선시대 한양과 가까운 지리적 조건으로 은퇴한 양반 가문과 집성촌을 이룬 문중이 세거한 마을이 곳곳에 있었다. 해방 이후에도 한마을 주민 간에 반상班常의 차별이 극심했다고 한다. 어느 성씨 문중이냐에 따른 잣대로 집안을 저울질하던 시대였다. 서울 성남 하남 등으로 행정구역이 개편되기 이전에 서광주에는 어씨, 유씨, 구씨가 동광주로는 신씨, 구씨, 장씨의 가계도가 근동에서 행세한다고 한량들의 입 초사에 오르내리는 양반 가문 혈통이었다고 한다. 그런 양반가문의 내력을 새댁인 나에게 말씀하시던 시아버님이나 이 마을의 옛 어른들 모두 고인이 되신 지 오래다.

그 중심에 대대손손 혈통을 이어 온 능성 구씨綾城具氏 도원수파 종중 청백리 재상 구치관(1406~1470) 공의 종가가 현존하고 있다. 한마을 문중에서 항렬이 가장 낮은 종손, 그러나 문중의 혈통을 누누이 이어 온 가장 소중한 종가가 사당과 제각을 끼고 조상의 음덕을 기리며 옛 전통을 보존하고 있는 것이다.

이 마을에 뿌리를 내린 시조로부터 육백 년이라는 세월을 능성 구씨로 이어진 한 문중의 문중사가 지금도 유구히 흐르고 있는 마을이다. 광주시 유적으로 백인대정자와 600년 시 보호수를 모시고 사는 마을 열미리는 영의정 벼슬까지 지내셨지만 사후에 청백리 재상으로 천거되시면서 후손들에게 나라가 하사한 이 마을을 집성 촌으로 이어오게 하신 조상님 구치관具致寬 공이 입향시조이시다.

한 시대에 이별을 하는
- 벌열미 구현우 증조모님 -

1.
집성촌 문중에 초상이 났네. 향년 96세/ 광주 작은 고을 몇 세기를 전수받은/ 종갓집 대 종손 종부 할머니를/ 능안에 모시던 날/ 한 시대를 풍미한 숱한 고전만큼이나/ 하루 내내 궂은비가 흩뿌렸네.

2.
꽃가마 타고 온 새아씨 일 년 열두 달/ 대대손손 제사상에 물마를 새 없더니/ 장대 같은 아들 짝 채우자/ 육이오 난리가 났다네. 끌려 간 아들의 생사를 모르는 운명 앞에/ 혼절하는 새파란 며느리/ 어린 손자 손녀 눈앞이 캄캄했다네./ 불운은 연달아 지아비마저 불귀의 객이 되자/ 기가 막혔다네./ 향내가 가시지 않은 사당 지주목엔/ 두 고부姑婦가 정갈한 소망을 풀어 길러내는 종손 청 댓잎처럼 자랐다네./ 바깥 울타리 없다고 얕보는 타 성씨들/ 대갈일성 호령하고 그래도 질퍽이면/ 씨암탉 잡아먹고 몸싸움으로 이겨냈다네./ 근동에 종부 할머니 여장부라고 소문났네.

3.

고희를 넘기신 뒤 삼십 리 길 장 구경 가시더니/ 별이 뜬 밤까지 오시질 않더라네./ 놀란 마을 장정들 횃불 밝혀 들고 찾아 나서/ 황톳길 고갯마루를 대나무 장대 한 다발 끌고 오는 그분을 만났다네./ 그 뒤로 벌열미 골짜기/ 늙은 밤나무 위에 올라서서 장대를 휘두르는/ 종부 할머니의 당찬 호흡이/ "후두둑 후두둑" 해마다 가을과 함께 쏟아졌다네.

4.

명문 대학을 나온 청 댓잎 종손/ 사회의 지도층으로 자리를 굳히고/ 우물 깊은 종가 사당 앞에서 볕바라기 하시는 종부 할머니/ 몸에 밴 예의범절은/ 과거와 현실을 오락가락하시는 환상에도/ 무너짐 없이 코흘리개 아이들에게도/ 깍듯이 존칭을 써 온 동네가/ 연민의 마음으로 술렁거린 요 몇 해/ 어느 날 또 바람처럼 잠적하셨네./ 마을 사람들이 새벽녘에 뒷산 모퉁이 청솔 밑을/ 내 집이라고 믿고 계시는 그분을 모셔 왔네./ 봉양하는 며느리도 고희를 넘긴/ 안타깝고 쓸쓸한 세월이 갔네.

5.

적막이 낙숫물 떨구는 종가 봉당 뜰/ 세월에 금 간 유물들이 소리 없이 통곡하는/ 종가 종부 할머니 별세에/ 빛바랜 집성촌 늙은 어머니들/ 한 세기 고인의 일화로 꽃이 피고/ 청 댓잎 종손, 그 닮은꼴 문상객들/ 호상이라 위로했건만/ 뚝, 뚝, 하염없이 눈물을 떨구네./ 종손, 종손이…

- 시집 『벌열미 사람들』(1998)

시의 주인공 종가의 종부 할머니는 당시 최고령 연세이시자 여장부라고 소문이 난 분이셨다. 온 마을 종친들이 우러르는 종부이

자 함부로 범접할 수 없는 위엄을 지닌 분이셨다. 이웃과 나누는 뒷담화를 극도로 싫어하셨던 시어머님은 행여 아낙들의 험담에 내가 낄세라 입단속을 시키면서도 마을의 아주 세세한 사건이라도 맏며느리인 나는 알아야 한다는 생각에서 정말 뜻밖의 사건까지 귀에 딱지가 앉도록 말씀하시곤 했다.

이 마을도 한국전쟁 당시 큰 피해를 보았다고 한다. 양반지주를 비롯해 고등교육을 받은 마을의 지식인들이 북한군에 의해 납치되어 북송되는 비극을 겪은 일이 있다고 하셨다. 그때 종손인 구교운 씨의 아버님도 학교 선생님이셨는데 끌려갔다고 한다. 남편과 사별하고 아들까지 납북된 종가를 지켜온 종부 할머니는 보통 남자 이상으로 담력과 의지가 굳센 분이셨다고 한다.

종부 할머니는 아무리 한 문중 일가라도 잘못된 일에는 반드시 따지셨다. 남성이 여성이라고 얕보았다가는 호되게 혼쭐나는 일화들이 수두룩했다. 특히 힘으로 해결해야 할 일에는 '씨암탉이라도 잡아먹고서' 대문 밖을 나서셨다는 분이다. 문중 남자라고, 항렬 높다고 봐주지 않고 떡 버티고 서서 한판 붙자고 하시는 종부 할머니를 보면 '여장부가 너무 무서워서' 라는 말로 꽁무니를 빼는 종인들도 많았다고 한다. 그러니 타 성씨들은 종부 할머니 앞에서는 기를 못 펼 정도로 위풍당당한 기개가 종부 할머니의 종가 지키기와 종손 키우기 철학이었던 셈이다.

벌써 40여 년쯤 되어간다. 팔순을 넘긴 연세에 이천장에서 대나무 장대를 한 다발 사서 수십 리 길을 끌고 오신 할머니, 손수 그 장대로 밤나무에 올라 제사상에 올릴 밤을 따셨다는 할머니….

종부 할머니가 하늘의 본향으로 귀향하시는 날 할머니의 영전에는 수많은 조문객이 다녀갔다. 종가의 사랑방에는 한마을의 어머니들이 모여 마지막 가시는 고인의 일화를 담소로 이어갔다. 주룩주룩 비가 내리는 날이었다. 동족 전쟁의 아픈 한국사며 현대사의 비극에 부친의 보호 없이 종손 가족이 겪었을 설움, 그야말로 꽃다운 나이에 공산주의 동족에게 남편을 빼앗긴 종손 어머니와 아들을 빼앗긴 할머니의 슬픔을 고스란히 지켜보며 성장한 종손이다. 그 힘든 시대에 4년을 고려대 장학생으로 다닌, 대나무 잎처럼 푸르른 지성인이 종손이었다.

할머니가 사셨던 한 세기의 궤적에 더 단단한 반석으로 종가와 종손을 지켜낸 후손들은 대대손손 종손이란 혈맥으로 문중을 이끌어 갈 것이다. 아, 종부가 아니면 종손이 아니면 아무도 지키지 못할 불변의 약속이다.

하룻밤 꿈에라도

하룻밤 꿈에라도

오매불망 그리워 잊지 못하는 남북 이산가족은/ 세월이 흘러도 살아만 있다면/ 그래도 언젠가는 만날 꿈이라도 꾸겠지/ 한마디 말도 없이 별이 된 아가야,/ 한 번이라도 좋으니 생시처럼 만나/ 내 손으로 따듯한 밥 한 그릇 먹여 봤으면/ 꿈자리마다 보고 싶은 비몽사몽간에도/ 야속해라 허무해라 애만 타는 나날들/ 할미 곁 떠난 지 반년이 지나도/ 지구별 찾지 못해 못 오시는가,/ 아픈 몸 더 아파서 못 오시는가,/ 무연히 눈뜨는 아침마다/ 허망한 애상에 젖는 할미 마음

- 시집 『아기별과 할미꽃』(2019)

이별과의 동행이 사람 사는 길 위의 여정이다. 요즘 들어 부쩍 죽음에 대한 상념이 깊어졌다. 사상가도 아니고 염세주의자도 아닌 나에게 과연 예고 없는 죽음이 왔을 때 어떤 모습으로 가야 할지 또는 가게 될지 전혀 모른다.

칠십을 살면서 보고 겪은 인간사의 애환 중에 가장 힘든 일이 가

족과의 이별이다. 부모님도 시부모님도 모두 돌아가신 지 오래다. 하늘이 주신 천수를 다 누리신 세 분 시부모님은 임종도 지켜보고 산소에 하관까지 모든 과정을 지켜보았다. 그러나 친정 부모님은 두 분 모두 돌아가신 후 뵈었다. 그래서 옛말에 '임종 자식은 따로 있다' 는 말이 생겼나 보다. 자식으로 부모님을 보내드리는 마음은 비통하고 가슴 아프지만 하늘의 뜻이려니 하는 마음이 위안을 준다.

그러나 자식을 가슴에 묻는 부모의 심정은 억장이 무너진다고 표현한다. 내리사랑이란 나보다 어린 사람에게 보내는 애정이며 내가 보듬고 애지중지하는 자식이나 손자녀에게 쓰는 말이다. 윗사랑이란 없다. 좋아하고 존경과 따름이 혹은 우러러봄이 최상의 대우다. 내리사랑이 꿈이었나, 할미를 버리고 간 천사 아이는 아니, 그 아이는 전생 수천 억겁을 건너 우리 가족으로 온, 찰나에 불과한 이승의 여린 꽃봉오리였다. 여덟 살 어린아이가 맞이한 첫 초등학교 입학식은 아이의 선천적 장애와 또래와 다름을 공개하는 자리였다.

입학식에 동반한 할미 마음도 이렇게 불안한데 장애를 지닌 어린 손녀는 또래의 친구들을 보면서 불안을 온 힘으로 버티고 있었다. 집과 어린이집을 제외한 사회생활의 시작이 어린것에겐 극심한 두려움이었다. 그 나이에 새로 시작할 세상의 모든 행위는 어린 가슴을 압박하는 또 다른 공포심이다. 천재성을 지닌 아이의 두뇌가, 병원 문턱을 닳도록 드나든 아이가 그 두려움을 극복하는 것은 있을 수 없는 초인적 용기였을 터. 아이는 공포심을 이기지 못했다. 그렇게 어여쁜 내 아기를 하느님이 보시고 그 넓은 품으로 모셔갔으리라.

'어느 봄날의 하룻밤 꿈' 처럼 이승에서 하늘로 호적을 옮긴 내 손녀가 오셨다. 가을의 초입에서 귀뚜리가 애절한 가락을 풀어놓는 밤이었다. 보고 싶은 간절함이 비몽사몽으로 나타나 이슬처럼 사라진 그 밤 내내, 어부바로 분명 내 등에 업혀 있었는데 너는 어디를 간 것이냐, 꿈속에서 내 가슴에서 한시도 지워지지 않는, '눈에 넣어도 아프지 않은' 손녀가 잠시 이승의 할미 등이 그리워 캄캄한 밤에 오셨다 가셨나 보다.

눈물이 하염없이 귓불을 적신다. 아기가 업혔던 등이 너무 허전하다. 이렇게 빨리 이별할 줄 알았다면 날마다 업어줄 것을…. 아기의 환영이 내 가슴으로 파고들 때마다 등에 업힌 조그만 손녀에게 해 주던 자장가가 떠오른다. "엄마가 직장으로 일하러 가면 아가와 할머니는 집을 봅니다. 할미가 업어주는 자장노래에 스르르 꿈을 꾸며 잠이 듭니다."

수백 점의 그림만 이승에 남겨놓고 잠자듯 날아간 너의 환영은 지우려 해도 지울 수 없는 영원한 내리사랑의 애물이다. 아무리 할미의 보살핌이 지극해도 제 부모의 사랑만 할까. 밥벌이 맞벌이에 지친 아들 내외가 늦은 밤 데려가는 두 아이의 앞날을 희망으로 노래하기엔 버거웠지만 할미는 희망이라는 신의 손길을 타고난 천재 화가라고 축수했다. 너무 어여쁜 천사를 신이 우리 집으로 보내주었다고 끔찍하게 위했건만 그건 할미만의 세상이었고 아픔이었다.

한밤에 불쑥 꿈자리로 찾아와 몽매에도 그리던 손녀를 만났건만 허무하기 이를 데 없는 상봉에 더 그리움만 첩첩이다. 그래도 그렇게 건강한 모습으로 하늘나라에서 신들이 키우는 손녀가 천상의 아름다운 벽화를 그리고 있으리란 애틋한 꿈을 지울 수는 없다.

벌열미 마을에 산다

광주 시내에서 동남쪽으로 끝 부분에 광주시 곤지암읍이 있다. 근래까지 실촌읍이었으나 곤지암바위의 유래에서 따온 곤지암읍 명칭을 쓰기 시작한 지는 2011년부터다. 지금의 읍청사에서 동쪽으로 한 마장 거리에 열미리 마을이 있다. 마을 유래는 능안 묘역에 열 기가 넘는 고관대작의 묘가 있다 해서 열묘리로 부르다 열미리가 되었다는 설과 묘역이 있는 산세가 제비꼬리를 닮았다 해서 연미燕尾리로 부르다 열미리가 되었다는 지명유래도 전해온다. 예전에는 능성 구씨 집성촌으로 가장 잘 알려진 마을이었지만 십 년이면 강산이 변한다는 세월에 요즘은 상가와 공장, 빌라가 온통 넘쳐나는 주거도시로 바뀐 마을이다.

열미리 마을의 앞산 주봉은 승지골이라는 바위산을 중심으로 부항리, 수양리, 곤지암까지 병풍처럼 길게 뻗어있다. 뒷산은 오향리, 상열미리로 이어져 오며 연미봉 아래 능안까지 흘러내린다. 광주시 보호수 57호인 느티나무가 580년이라는 나이테로 마을 입구에 서 있다.

오래된 느티나무는 마을 이정표 역할을 하기도 하는데 이 마을의 입향 시조로 알려진 구치관具致寬(1406~1470) 공이 능안이라고 부르는 열미봉에 부모님 묘소를 쓴 후에 심었다고 전해온다. 공은 임금에게 충렬忠烈이라는 시호를 받았다. 그 후손들이 조상대대로 수백년 문중 혈연의 고리를 이어 온 집성촌이 열미다.

지금도 공직사회에 회자되는, 문무를 겸비한 말단 관리로 시작한 충렬공의 관직(공무원) 생활은 좌, 우의정을 거쳐 영의정까지 올랐지만 청렴결백하기가 아무도 따를 자가 없었다고 한다. 한양 관리들이 지방 순시 때면 고을의 수령들이 감찰 나간 관리들에게 뇌물을 바치는 게 관례가 된 시절의 일화다. 그런 뇌물을 받는 신하들이 많다 보니 임금의 귀에까지 알려졌고 조회를 연 임금은 화가 나서 뇌물을 받은 대신들은 모두 부복(엎드림)하라고 명령을 내렸다. 당시 뇌물을 받은 조정 대신들이 모두 엎드리고 오로지 충렬공만이 꼿꼿이 서 있었다고 사기에 기록되어 있다.

내가 처음 이 마을에서 신혼살림을 할 당시만 해도 양반가의 항렬에 대한 위계질서가 분명했다. 새파랗게 젊은 분을 대부나 대모로 부르거나 나이 많은 분이 갓 새댁인 나를 아주머니로 부르는 호칭에 당황했던 시절이었다. 또한 가장이나 아이들 이름을 두고도 '가래울댁' '버리앗댁' '봇들댁' 으로 부르며 안주인들의 고향을 택호로 부르는 어른들이 많아서 '누구네 집이지' 의문이었다. 칠십여 호의 집성촌 문중인 어른들이 모두 그런 호칭으로 집집이 통했는데 나중에야 아! 아이들 이름을 항렬대로 부르기가 민망해서 붙인 명칭인 줄 깨달았다.

첫 시집의 제목이 된 '벌열미 사람들' 그 후손들의 세월이 육백 년을 바라본다.

벌열미 사람들

벌열미에 삶의 뿌리를 내린/ 먼 옛날부터 집성촌 씨족들은/ 산과 들과 내를 모양에 어울리는/ 이름을 붙여 주며 피붙이로 끼고 살았다/ 도롱지산과 거무래산 품 안에/ 지명으로도 생김새가 드러나는/ 노적봉 승지골 도장골 범덕골 호랑이 안방골/ 고사리골 병목골 쇠마루재 수리재 은데미고개며/ 등 굽고 늦은 골짝과 등성이를/ 병풍처럼 두른 채 살아갔다

졸졸 흐르는 도랑 건너 돌사닥다리 밭에도/ 옷담불 소따배기 텃골 자치배미 구목쟁이 사글피 망째/ 솔전말 봇뜰 찬우물 등/ 원색의 생명력이 꿈틀거리는 이름을 불러줌으로/ 기를 북돋워 제 땅에 어울리는 곡식을 쏟아 냈던 것이다/ 이십 여리 밖에서 발원한 작은 냇물 굽돌이도/ 광심이 모사리 작은뱅대 큰뱅대로 나눠 부르며/ 보를 막고 수로를 만들어/ 순하게 엎드려 있는 다랑이 논에도/ 젖줄 같은 물줄기를 흘려 보냈다

그것뿐만 아니다/ 집안 항렬의 높낮이가 거북스러운 어머니들은/ 친정이 있는 향리의 이름을 따서 새울댁이니 다부리댁 두랭이댁 부개울댁 품담댁 버리앗댁 등/ 자칫 잊을 고향을 앞세워/ 품위를 세우고 속내를 다독이며/ 동구 밖 수령이 몇 세기를 넘은/ 늙은 느티나무를 수호신처럼 아끼고 살았더니라

- 시집 『벌열미 사람들』(1998)

이 마을 청백리 재상 충렬공 신도비 문장은 당대의 명문장가 서거정 선생이 쓰셨다. 오래된 신도비는 거의 글씨를 읽을 수 없이 마모가 되었지만 후손들이 새로 세운 신도비가 묘소 부근에 있어서 공의 면면을 알 수 있다. 앞산인 승지골 아래 바위 절벽에 백인대라는 그림처럼 아름다운 정자는 광주시 유적 2호로 지정되어 있다. 백인대 정자 아래 개울과 넓은 백사장과 연못 주변에는 1970년대까지만 해도 인근에서 놀러 오는 사람들과 곤지암 초등학교 소풍 장소였다. 또 앞산 아래로는 맑은 냇물이 곤지암천으로 합류하는 용소의 깊은 냇물과 작은 내설악이라고 불릴 정도로 아름다운 산세와 절벽, 단풍이 길게 산맥을 이뤄 곤지암까지 장관을 이룬다.

광주시 문화유적 2호인 백인대 정자는 역사적 가치가 넘치는 곳이다. 조선 후기의 문신이자 성리학자 우암 송시열(1607~1689) 선생은 역사에서 빼놓을 수 없는 인물이다. 당시는 정치가 당파에 따라 좌우되어 권력을 쥐기 위해 조정 대신들이 여러 갈래의 파벌로 나뉘던 시대였다. 그 우암 선생이 고향인 충주에서 한양으로 오고 가는 길에 꼭 들르는 곳이 열미리다. 선생의 수제자인 구문찬(1963~1993) 공과 함께 이곳 백인대 정자에 올라 인근의 제자들과 시국을 강론하고 시문 화답을 하던 곳이었다.

그 절벽에는 우암 선생이 일필휘지로 바윗돌에 백인대百仞臺라고 암각해 놓은 글이 있다. 지금은 아무도 가 볼 수가 없어서 비바람과 이끼에 마모되어 있으리라 생각하면 가슴이 아픈 곳이다. 예전에 지은 낡은 정자가 허물어지자 종중에서 1996년도에 콘크리트 구조물로 전통양식의 육각형식으로 지붕을 올린 정자가 백인대 정자다.

우암 선생은 끝내 정적의 탄핵으로 서울로 압송 도중 사약을 받는 비극을 겪게 되고 수제자인 구문찬도 귀양길에 오른다. 그렇게 귀양살이 도중에 구문찬 공은 죄가 없다며 다시 조정에서 벼슬을 내렸으나 한양으로 올라가는 길에서 사망한다. 앞날이 창창한 가장 아끼던 수제자를 우암 선생은 황천길까지 같이 데리고 간 것이다.

지금 열미리는 주거도시와 자동차전용도로, 전철, 도로 등으로 복잡한 발전 과정에 들어있다. 또 원주민보다 수십 배나 많은 이웃들이 함께 살고 있는 도농복합 마을이 되었다. 하지만 전통을 사랑하고 조상님의 음덕으로 문중 간의 화합을 이루는 열미리 마을의 유래와 아름다움은 먼 훗날까지 남아 있기를 바라는 후손의 간절한 마음이다.

옛집을 가다

이상하다. 또 옛집이다. 생시처럼 생생한 꿈, 그 집을 떠나온 지이십여 년이 지났건만 꿈만 꾸면 그 집에서 살던 시절로 돌아간다. 지금 살고 있는 집으로 이사 오기 전에 시부모님을 비롯해 온 가족이 살던 집이다. 나의 청춘이 묻어있는 집, 아이들이 자란 어린 시절의 추억이 고스란히 깃든 집이다. 낡고 누추한 옛집은 변화하는 시대의 상징처럼 몇 번의 개축을 했으나 누수와 갈라짐의 변질을 견디지 못했다.

하루가 다르게 새 건물이 들어서는 마을에서 시부모님이 오래전부터 사시던 낡은 옛집은 누구에게 세를 줄 수도 없을 정도로 낡았다. 그 집을 버려두고 우리 가족은 새 집을 지어 이사했다. 사람만 나이를 먹는 것은 아니다. 집도 나이를 먹어 갈수록 쇠락해지는 낡은 집에 우리 부부의 여력으로는 더 이상 빈집 관리도 감당하기가 어려워 아들 내외에게 차라리 새 건물을 짓고 세를 주자고 했다.

도로변이고 오랫동안 상가 터여서 건물만 세우면 임대는 금방

될 장소다. 두 아이를 키우는 아들 내외는 성실히 저축을 한 돈에 은행 융자를 낀 자금으로 작은 이층 건물을 짓는 데 합의했다. 그 옛집이 헐리고 이층 건물로 변신한 지도 십 년이다. 전혀 옛 모습이라고는 찾아볼 수 없는 낯설기 짝이 없는 건물이지만 오래된 길과 우리 집과 이웃은 여전히 한마을에 공존한다는 이유로 위안을 삼는다.

'조물주 위에 건물주'라는 신조어가 있다. 시市라는 명칭이 붙은 도시마다 현대식 건물들이 경쟁하듯 들어서는 현실에 세를 받는 건물을 소유한 건물주는 일반 서민의 눈으로 보면 조물주보다 높은 자리로 보이는 것을 풍자한 말이다. 건물주들이 임대료로 받는 돈을 부러워하는 말이기도 하다.

우리 마을은 도시와는 거리가 멀고 읍내에서도 십여 리 떨어진 농촌마을이다. 아들 내외가 받는 임대료라야 손녀 돌보는 우리 부부 생활비 주고 은행융자금 이자 갚고 나면 글쎄 얼마나 지갑으로 들어갈지 불안하다. 그 건물을 짓기 위해 농협에서 큰돈을 빌렸단다. 불원 지천명이 다가오는 아들 며느리가 아직도 밥벌이 맞벌이에서 늦은 시간 귀가하는 모습을 보면 은행 빚보다 더 안타깝다.

그러나 지금 세월에 직장이란 일터만 다녀도 시대를 잘 견디고 있다고 생각된다. 내가 열심히 살았듯 가정을 이룬 아들딸 삼 남매도 모두 맞벌이 부부다. 물론 대한민국 젊은 부부가 금수저 출신 아닌 이상 모두 맞벌이라야 살 수 있는 현실이 지금의 세월이다. 우리 세대가 숙명처럼 이겨 낸 가난과는 소비 행태가 다른 세상, 희망도 삶의 만족도 너무도 다른 세상이다. 가정이나 사회생활이

'돈'이고 아이들이 '교육'이다 보니 가정을 꾸려 '살기 힘들다'라는 사회적 문제가 대두된다.

또 홀로라는 틀에 갇혀 자신의 신분 상승 궤도에 가족이 장애물로 낙인찍히는 점도 한 몫 한다. '나'라는 개인주의까지 증가 추세다. 아직은 우리 집은 조손祖孫으로 이어진 삼대 구성원이 함께 생활한다. 때론 내가 힘들지만 이것도 스스로 자초한 행복이라서 기꺼이 밥을 하고 반찬을 하는 엄마며 할미다.

옛집을 가다

삼십 년 가까이 몸 마음 푹 담그고 살던 옛집이/ 시시때때로 찾아오는 옛 주인을/ 전혀 모르는 듯 낯가림 하네/ 허물어진 뒷간 금 간 항아리 몇 개 엎어 놓은/ 장독대 잡풀들만 무성한 남새밭 낯설게 변했네/ 눈뜨면 마주치던 승지골 물안개/ 아련히 산허리를 휘감는데/ 나 언제 이곳에서 두충나무 큰 가지에 빨랫줄 매고/ 아기 기저귀 뚫어진 양말짝 손수건 따위를 펄렁였던가

여름밤 평상 아래 모깃불 놓고/ 은하수 건너는 견우와 직녀별/ 헤아려 본 날도 있었던가/ 꿈같은 세월은 저만큼 앞장서서/ 한바탕 일장춘몽에 지나지 않는/ 인간사 세상사 무심히 끌고 가네

- 시집 『우리 집 마당은 누가 주인일까』(2005)

위의 시는 아들이 옛 집터에 건물을 세우기 전에 쓴 시다. 내 능력으로 꾸려오던 가게를 더는 이어가기 힘들던 때였다. 전국에 편의점 열풍이 불었다. 바로 우리 가게 옆에도 편의점이 들어섰다.

새로운 소비문화에 단골손님들도 다 쓸려 편의점 문턱을 넘는 것을 지켜보기 힘들었다. 경쟁하기엔 우리 부부가 늙은 세대였다. 그래서 오랜 세월 밥줄을 이어주던 가게 문을 닫았다. 그러다가도 불현듯 그리움에 다가오는 옛집, 수십 년을 살아온 과거가 소멸된 낯선 풍경에 서글펐다. 내가 살던 흔적은 허물어진 뒷간과 금 간 항아리 몇 개가 얹혀있는 장독대가 전부였다. 집이야 외형상으로는 그대로였지만 낡은 풍경의 사람이 살지 않는 삭막한 낯가림. 그뿐이랴, 내가 그토록 아끼던 아름드리 두충나무는 이웃이 양해도 없이 몽땅 잘라 가슴이 쓰렸다.

뒤란의 볕바른 장독대에서 대대로 물려오는 늙은 항아리들이 키재기하던 풍경도 사라졌다. 그 생경한 풍경에 언제 이곳이 아이들을 키우고 부모님을 봉양하던 안채며 사랑채가 있던 곳인가, 허망했다. 칠월 밤하늘 평상 아래 모깃불 놓고 은하수를 건너는 견우와 직녀별을 찾아보던 아이들과 함께하던 곳인가. 명절이면 콩을 갈아 시어머니와 가마솥에 두부를 만들던 부엌의 추억이 아득했다. 색동옷 입혀 세배를 다니던 어린 자식들이 키를 세우고 크던 곳도 이곳이다. 큰시어머니와 시아버님이 돌아가신 곳도 옛집이다.

결혼 후 첫 겨울이었다. 새댁인 나는 초롱불을 들고 신랑은 이엉을 덮은 초가지붕 서까래 밑에 손을 집어넣어 잠자고 있는 참새를 잡자고 했다. 고 여린 놈들이 손바닥에서 바들바들 떠는 감촉은 재미가 아니고 생명의 수탈이었다. 인간들이 '소고기 한 점보다 참새고기 한 점이 더 맛있다'라고 했단다. 아스라한 추억이다.

초가를 슬레이트 지붕으로 바꾸는 농촌마을 지붕개량사업이 집 집마다 있었다. 해마다 이엉을 엮고 새로 지붕에 얹는 수고로움을 슬레이트라는 새로운 소재가 대신해 주어 환호했다. 처음으로 들 어 온 다이얼 전화번호 '39번'. 간판도 없던 우리 구멍가게는 도시 에서 밀려온 공장노동자들이 39번 가게로 불러주면서 호황기를 맞 았던 시절도 있었다. 한바탕 일장춘몽 같은 옛집의 기억은 점점 희 미한 추억으로 소멸되어 가는데 그 시절의 푸른 꿈이 아직도 나를 사로잡는가, 오늘 밤도 또 어떤 기억의 유령이 나를 끌고 옛집으로 갈 것인가. 한생의 실루엣이 이토록 길다.

음복술

한 해 한 해가 쏜 화살 같다. 할미가 어부바나 해 주면 최고라던 어린것들이 이제는 어부바 해 줄까 봐 싫단다. 뽀뽀도 사절이란다. 할머니가 해주는 달걀찜이 최고라던 녀석들이 할머니는 왜 스테이크도 못 만드냐고 타박이다. 허허, 참. 할미 눈에는 아기 같은데 손녀들이 할미보다 더 크다. 성장의 속도를 못 따라간다. 다 큰 아이들에게 '소귀에 경 읽기'인 이런저런 걱정도 노파심이다. 한 집안 세 녀석들 손자바라기인 할미에게 이제는 큰딸네가 함께 안 살았다면 어쩔까 싶다. 혈연이란 하늘이 내린 천륜이다.

우리나라 최대의 명절인 설 연휴도 코로나19로 예전과 다른 명절이 될 모양이다. 거리 두기로 가족도 5인 이상 모이면 안 된다는 이상한 방역수칙을 지키려면 직계만 열세 식구인 우리 가족과 조상님, 부모님 차례를 지내려고 오는 시동생 네 식구는? 지하의 조상님이 울고 가실 판국이다. 참 난감한 시절이다. 아래 시를 다시 읽어보니 지난날이 아무리 고되고 힘들었어도 돌아보니 그리운 추억이다. 꼭 11년 전이다.

음복술

설 명절 연휴 동안 그 사흘 동안/ 확, 확, 날숨마다 단내를 풍기던 코/ 벌써 수십 년 해를 넘겼다

망팔이 넘은 연세에도 초인적인 집안일로 며느리인 나를/ 주눅 들게 하시던 시모님은 만병통치약으로 소주를 드셨다

그 자리를 대물림한/ 아들딸의 어미며 어린것들 할미인/ 내 몸이/ 아이고! 아이고! 곡소리 절로 터진다

짝 채워 내보낸 자식들/ 맞벌인지 밥벌인지 먹고 살기 힘들다는 푸념에/ 별 수 없이 어린것들 맡았지만

이승의 수많은 통과 의례가 생의 도구처럼/ 관절마다 죄여드는 대책 없는 인생살이에/ 아무도 몰래 홀짝홀짝 음복술에 취한 설운 날/ 엎드려 절하는 자식들에게

福, 福, 福, 만 흐드러지게 날린다

- 시집 『울음소리가 희망이다』(2014)

'성인聖人도 세속을 따르라' 라는 말은 한 시대의 판결처럼 아무리 좋은 풍속이나 고전도 시대를 따라야 편하다는 뜻으로 읽힌다. 한 집안의 맏며느리 위치는 더 고되다. 시부모님 살아계실 때는 제사상이나 생신 상차림이 가장 큰 난제였다. 생업인 가게는 보아야

하고 일할 사람은 맏며느리고 하다 보니 어디 제대로 맛난 음식이나 만들 형편이었을까. 또 한 문중이 모여 사는 집성촌에서 시부모님 생신상에 마을 집안 친척을 함께 모시는 것도 당연한 문화였다. 지금은 먼 옛날이야기처럼 내 가슴에서만 간직한 그 시대의 풍경이다.

이 마을 입향 조상님인 큰 산소의 봄가을 시제사를 맡아 차리는 문중 총무 일을 남편이 본다. 좋으나 싫으나 일복이 터진 건 마누라인 나였다. 한두 반상 상차림이 아닌 봄에는 산신까지 네 반상을, 가을에는 여섯 반상을 차려야 한다. 조상님 신위에 따라 제물을 갈고 다시 올리는 시제향사는 온 마을의 관심사며 전국 각지에 뿌리내린 조상님 후손들이 찾아오는 축제 같은 날이다. 왜 안 그럴까. '일인지상만인지하'라는 영의정 벼슬을 하신 조상님이시다. 거기다 사후에 청백리 재상으로 천거되신 영광이 후손에게까지 음덕을 내리게 하셨으니 대대로 후손에게 대접받아 마땅하시다.

수십 명의 후손들이 음복술을 나누고 조상님의 제사 음식을 드시고 간다. 가시는 손끝에 작은 봉송 꾸러미를 들려드리는 것도 이 마을 후손 며느리들의 정성이다. '좌청룡 우백호'가 시조 할아버님 유택을 지키는 '능안'이라고 불리는 명당터, 그 산하에 시부모님 산소가 있다. 여러 집안들이 너도나도 그 산하에 묘소를 쓰다 보니 존엄성이 훼손된다. 더 이상은 후손들이 그곳에 묘를 쓰지 못하도록 문중에서 합의한 것은 참 잘한 일이다.

사진만 남기고 간 아기별아

지인의 전화 한 통을 받았다. 내가 살아온 칠십 년 세월을 글로 써 달라는 생각지도 않았던 부탁이다. 앞뒤 생각 없이 얼떨결에 승낙을 하고 말았다. 지역 인사들의 생애보 쓰는 사업에 일종의 견본 글인 셈인데 나중에 생각하니 후회가 막심했다. 무엇을 내보일 것인가, 필연적으로 드러날 가족사에 가난을 자랑삼아 쓸 수도 없는 일이고 저절로 머리 뚜껑이 열릴 일이었다. 그렇다고 못 쓰겠다고 할 수도 없는 인연이고 간곡한 부탁이라 최선을 다해 한 열흘에 걸쳐 원고지 300매 분량을 쓰고 나니 거의 탈진 상태였다. 차마 글로 밝힐 수 없는 상처들은 숨기고, 살아온 궤적과는 너무도 동떨어진 과거를 나열한 자서 원고를 넘겼다.

글을 쓴다는 것은 때론 육체적인 단순 일보다 더 피곤하고 머리가 아플 때가 많다. 특히 문장이 잘 안 풀려 고심할 때 집중력은 떨어지고 잘 써야 된다는 압박감은 심하고 마감일은 가깝고 할 때가 힘들다. 그렇다고 내가 원고 청탁이 수시로 오는 글쟁이라면 얼마나 좋으련만 그도 저도 아니다. 부족한 대로 내 글이 활자로 나오는 기쁨은 어느 일보다 마음이 행복하다. 인생을 다시 살기가 있다면 좋을까? 힘들고 후회된 삶을 살아온 사람들은 환호작약 할 것이다. 하지만 그 혼란은 어떻게 감당하나. 다시 살기가 없으니 후회 없이 살아야 하건만 내 일생은 오로지 후회의 연속이다. 이 작은 일의 결과는 농막이든 초가든 내 생애에 제 집 하나 마련했다는 자부심으로 접어두겠다.

아, 다시 살기가 있다면 2018년 3월 5일, 86개월을 지구별에서 살다 하늘로 간 어린 천사 내 손녀 유진이를 데려오고 싶다. 그동안 얼마나 컸을까. 사슴처럼 커다란 눈망울에 세상 밖으로 나갈 힘이 없던 아이가 늘 친구 삼아 그리던 그림은 아직도 컴퓨터와 내 핸드폰에 저장되어 있는데 어린 천사는 다시 살기가 없는 이승으로 오지 못하고 있다. 3월 초등학교 입학식 하고 첫 교실로 가던 날이었다. 영영 아기를 잃은 슬픔에서 헤어날 수 없으리라던 눈물도 세월과 함께 말라간다.

오늘도 아기를 모셔둔 절집에 왔다. 목현리 이배재 고개를 넘어가는 좌측 산속이다. 절과 떨어진 2층 별채인데 죽은 분들을 모시는 망자의 집이다. 절간이기도 하지만 온 사방이 고요하기 짝이 없는 곳이다. 아기는 이층에 모셨다. 별채 전체가 유골함이 들어가는 작은 방으로 꾸며져 있으니 얼마나 많은 영혼이 이 집에 세 들어 사는지 짐작하기도 어렵다. 조그만 방에 아기의 사진과 평소 좋아하던 뽀로로 친구들, 제가 그린 그림들과 가족사진이 놓여있다. 언니인 큰손녀가 올 때마다 쓴 편지 노트에는 무슨 사연이 쓰여 있을까. 손녀는 또 하늘로 편지를 쓴다.

아기 때문에 가본 망자의 집, 충격이었다. 무수한 칸칸 동자승과 사진, 유골함이 놓여있는 광경도 무서웠고 유골을 모신 단지들이 귀신처럼 느껴져서 더 무서웠다. 그 많은 망자들은 무슨 사연을 안고 이곳에 모셔졌을까? 이 낯선 곳에 늘 아기로 부르던 어린 손녀를 두고 돌아가야 한다는 죄책감은 말할 수 없는 비애였다. 어린것이 나도 데려가라고 금방이라도 울면서 매달릴 것 같은 환상과 섬망 증상, 가슴에 비수를 꽂는 것 같은 통증이 밀려왔다.

그럴 수는 없다고 이곳에 너를 두고 갈 수는 없다고 울부짖던 시간은 어디로 갔는가. 한 발자국도 뗄 수 없이 엄습해 오던 괴괴한 두려움 중에 유일하게 위안을 주시는 신神이 부처님이셨다. 인자한 미소를 머금고 숱하게 많은 영혼들을 위해 자애로운 품을 벌리시는 부처님, 부처님 앞에 엎드려 절하며 우리 아기를 지켜달라고 보호해 달라고 울며 매달렸던 할미다. 조그만 동자승이 문 앞을 지키는 세상에서 가장 작은 집에 아기를 두고 오면서 차마 살아서는 못할 짓이라고 한탄하던 세월이 망연히 흘러갔다.

제 부모는 가끔씩 아기에게 가는 눈치인데 날마다 아니 한 달에 한 번이라도 아기를 만나러 오겠다던 할미의 초심은 달이 갈수록 멀어진다. 어린것 생일날과 기일날, 어린이날이라도 가야겠다. 다 부질없는 약속을 한 할미가 미안하다. 아기야, 이 한 편의 시는 내가 이승의 마지막을 가족과 함께한 날의 기록이다. 아주 많이 사랑한다. 아가야.

아기 사진

　장례식장 노란 국화꽃에 둘러싸여/ 네 영정을 안치한 분향소가 차려졌다/ 이렇게 온 가족들 모두 모여 있는데 네가 없구나/ 저기 마지막 어린이집 졸업사진 속에서/ 금방이라도 걸어 나올 것같이 반짝이는 왕눈이/ 의젓하게 사각모자 쓴 네가/ 왜 영정사진으로 거기 있는 것이냐/ 할미는 또 기가 막혀 넋이 나갔다/ 학교에서 돌아온 언니들이 보이지 않는 너를 부르며/ 영정을 보고 또 보며 우는 울음소리가 네가 우는 소리다/ 초주검 된 아빠, 바보가 된 엄마, 영락없는 귀신 몰골이다/ 네 소식 듣고 문상 오신 친지 이웃 학교 선생님/ 엄마 아빠 친구며 너를 사랑한 모든 분께/ 이 기막힌 참척을 어찌 말씀드리나/ 앞을 가리는 눈물로 너 대신 인사하며/ 너를 지키지 못한 죄인 할미 할 말 잃는다/ 향내 진동하는 분향소 청천 삼월 하늘/ 아가야, 너는 지금 어디를 가고 있느냐

- 시집 『아기별과 할미꽃』(2019)

울음소리가 희망이다

아침 뉴스가 지방대학 신입생 정원이 모자라 심각한 존폐 위기에 처했다는 소식을 알렸다. 학과 정원으로는 80%까지 미달되는 학생 수에 지역이나 대학이나 어떻게 운영할지 고심 중이라는 보도다. 결혼한 부부가 자녀를 낳지 않는 저출산 문제는 국가의 숙제며 국민의 미래다. 장래에 국가를 이끌어갈 젊은이들이 줄어들고 각 지역에 산재한 지방대들이 문을 닫는다는 우려가 여러 해 전부터 숙제건만 해결할 방법은 전무하다.

우리 집만 보더라도 삼 남매 자식이 내 욕심으로는 서넛씩 손자녀를 안겨주면 좋으련만 큰딸만 연년생 세 녀석을 낳고 아들과 작은딸네는 겨우 한 놈씩 붙들고 온갖 정성을 쏟는다. 나는 내 손주들뿐 아니라 어린 아이들만 보면 귀하고 예쁘다. 자식들이 그럴 리도 없겠지만 아기를 또 낳는다면 키워줄 것도 같다. 보육할미라는 별칭이 붙었던 시절 아침 반찬으로 부추 다듬어 송송 썰고 느타리 버섯과 호박 넣고 장떡을 부쳤다. 피자라는 외래 먹거리가 들어오기 전에는 종종 해 먹던 음식이다. 내 자식들 도시락 반찬으로도 자주 해주던 간식 겸 반찬이지만 할아비가 밀가루 음식이 소화 장애를 일으킨다는 고정관념을 가진 뒤부터는 잔소리 듣기 싫어 제사 때나 하던 음식이다. 고소하고 짭조름한 부침개를 혼자 먹으며 떠오르는 몇 해 전의 기억 한 토막이 스멀스멀 눈물을 불러온다.

하늘나라에 사는 어린놈이 이승의 할미 곁에 있을 때였다. 제 집에서는 곧잘 피자를 시켜 먹었는지 어쩌다 이층 딸네 식구가 한 조각씩 주는 피자를 큰손녀와 달리 잘 먹던 손녀였다. 저녁 먹을 시간 피자 통을 든 배달부가 이층 계단을 오르는 것을 작은손녀가 보고 말았다. "할머니, 피자." 하는 손녀의 말에 "그래, 기다려. 고모가 유진이 먹으라고 가져올 거야." 하고 달랬다. 그러나 한 시간이 지나도 감감무소식인 피자 한 쪽, 손녀는 밥도 먹지 않고 기다리고, 참다못해 화가 머리끝까지 치민 나는 이층 딸네 현관문을 열었다.

"그래, 느네 식구끼리만 피자 먹으니 맛있고 배부르냐?" 다짜고짜 격앙된 목소리로 따지고 들었다. 자초지종을 들을 여유도 없었다. "유진이가 아까부터 피자 한 쪽 얻어먹으려고 기다리고 있는데, 나는 그래도 네 식구들 먹으라고 뭐든지 올려 보냈다." 분노와 서러움까지 폭발시키며 딸에게 퍼부었다.

나의 호통에 당황한 딸은 "엄마 왜 그래? 나도 아까 내려가려고 했는데 아빠가 보면 또 호통치고 야단하실까 봐 주무시면 내려가려고 했는데, 엄마는 정말 내 맘도 몰라주고… 엉엉." 나도 울고 딸도 울고 한바탕 눈물바람을 하고 보니 식탁에는 손녀 주려고 접시에 담아 놓은 피자 두 쪽이 랩에 씌어 있었던 것이다. 나도 밀가루 음식 쪽을 건강과 결부시키는 건강론자 할아비가 무서워 손녀에게 맘먹고 피자 한번 못 사 먹인 못난 할미였다.

장애를 타고난 손녀에 대한 할아비의 사랑은 다른 손주에 비해 더 유별났기에 온 식구가 유리그릇처럼 돌보던 금쪽이 손녀였다. 우리 모녀는 피자 한 쪽으로 서로를 오해한 안타까움에 부둥켜안고 소리 내어 엉엉 울며 화해를 했다. 그토록 애지중지하던 할미 맘을 아는지 모르는지 손녀는 영원히 볼 수 없는 나라로 갔다. 신神이 내린 가혹한 형벌을 할미 가슴에 묻고 살라고 하늘이 천사로 모셔간 어린것, 86개월을 지구별에 소풍 온 아기와의 추억이 꿈처럼 허망하다.

이 나라에 어린것들이 젖 달라고 안아달라고 보채는 울음소리가 넘쳐난다면 얼마나 행복할까. 꿈같은 요원한 바람이다. 어린것 어느 놈 하나 귀하고 사랑스럽지 않을까. 큰딸이 결혼하고 2006년도에 첫 손녀의 출산을 기다리던 병원에서 딸이 난산으로 애태우던 시간, 결국엔 기계로 자궁 문을 열고 받아낸 첫 손녀를 보러 그 봄 내내 딸네 집을 드나들던 행복한 시간이 내 인생의 봄날이었다.

울음소리가 희망이다

1

산부인과 병동/ 양수가 터진 산모 몇 시간을 난산으로 소진한 산고로도 모자라/ 태아 흡착기를 들이대고 받아 낸 길쭉한 머리통의 아가,/ 기척도 없던 시간을 건너 '으앙' 가냘픈 울음소리!/ 우주와 소통하는 첫 발성의 파장이 온몸으로 물결치던 감동/ 그 봄내 달뜬 발걸음

을 재촉한 새 생명 외손녀

2
적요가 더위를 삼킨 대서大暑/ 마악 목욕재계하고 남도 창 한가락
뽑아내는 목울대 갓 틔운/ 소리꾼처럼 대추나무 우듬지에서 맴, 맴,
맴, 단 발음 가락으로/ 첫 발성의 파장을 생생히 풀어놓는 청아한 고
성!/ 몇몇 해 누적된 생애를/ 푸른 그늘에 널어 말리는 여름 진객 매미
- 시집 『울음소리가 희망이다』(2014)

소낙비 한줄기 내리고 새파란 하늘에 뭉게구름 뜬 칠월 어느 날
온통 푸른 것들의 세상에서 집 앞 대추나무에서 귀를 씻어 내리는
울음소리, 청량한 첫 발성을 터트린 매미다. 반갑기 짝이 없는 울
음이다. 농촌도 농약 아니면 농사짓기 힘들다는 푸념이 대세라서
매미 울음소리 듣는 일이 귀하다. 그런데 행운처럼 첫 음정을 터트
린 참매미는 암놈이 먹이 부근에 산란하여 유충과 굼벵이로 흙이
나 거름 속 혹은 부엽토에서 3년에서 7년을 살다가 껍질을 벗고 날
개를 단 성충 매미로 진화한다고 한다.

암놈은 산란 기관이 있어서 울지 못하고 수놈만 소리를 내어 우
는데 매미 우는 철이 삼복 기간이라고 보면 된다. 수년을 애벌레로
살다가 겨우 20일에서 한 달 정도 지상 생활을 하고 생을 마감한다
는데 곤충으로 보기에는 너무 예쁘고 아름다운 날개를 갖고 있다.
여름철 개구리 울음소리가 사라졌듯 매미 또한 이 마을에서 사라
질까 걱정스럽다. 부디 올여름에는 잠을 설치더라도 참매미의 울
음소리가 넘쳐나길 바라본다.

느티나무 뒤주

　지금도 오래된 종가나 이름난 고택의 곳간에는 뒤주라고 불리는 궤가 유물처럼 하나씩은 보존되어 있을 것이다. 농촌마을 집안에 쌀뒤주가 있는 집은 부잣집이었다. 농사를 지어 두어 가마쯤 들어가는 뒤주에 쟁여놓은 흰쌀, 부잣집 아낙들은 한 해의 양식을 뒤주와 독에 보관하고 곳간 열쇠를 간수하는 걸 잊지 않았다. 그 뒤주를 대물림할 때는 집안에 새 며느리가 들어오고 시어머니의 믿음이 며느리에게 전해져야 곳간의 열쇠를 넘겨주는 고부간 신뢰의 상징이었다.

　우리 마을에 도시가스가 설치되기 몇 년 전 석유파동이 심해지자 정부에서 목재를 때는 보일러로 설치하면 혜택을 주던 시절이 있었다. 석유 난방비에 겨울에는 찬바람이 불던 우리 집이 정부에서 권장한 나무보일러를 놓고 나서 땔감을 얻는 과정에서 시 한 편을 건졌다.

　문명의 발달이 농촌지역까지 혜택을 베풀면서 우리 집도 난방과 취사를 모두 도시가스로 해결하고 있다. 그러나 단 하나뿐인 지구별이 자꾸 신음하고 지구별에 뿌리를 둔 생들이 아프다. 문명과 문화라는 미명으로 자연을 파괴하고 즐기는 대가가 코로나 역병이 창궐하는 지구촌의 비극으로 되돌려 받는 현실이다. 작금이기도 하다.

느티나무 뒤주

어른들 손때가 묻어/ 차마 버릴 수가 없었다던 쌀뒤주를/ 육촌 형님이 우리 집 아궁이 땔감용으로 주셨다

뿌옇게 먼지 쓴 하세월의 부질없음이/ 겹겹이 쌓인 몸피 쌀 두 가마쯤은/ 너끈히 품었을 텅 빈 뒤주 안/ 얼룩진 창호 벽을 노린재 두 마리 유영 중이다

시숙님 어릴 때 솜씨 좋은 할아버지가/ 아름드리 느티나무 베어다 직접 짜셨다는 뒤주/ 한 가족의 호구지책에 기꺼이 몸 바친 나이테가/ 한 줌 다비식으로 열반에 들 운명이다

오래전 두랭이댁으로 불린/ 퇴락한 양반 가문 대청마루에서/ 달그락 자물쇠 열리면/ 아이들이 뼈를 세우던 전성기 배부른 노래에 신주처럼 위하던 대접도 있었지만

꼭 닫힌 수십 년의 적막강산, 침묵으로 깔려있어/ 한 겹 바람조차 통과를 거부하는 밀봉의 사연들을/ 뒤주에 갇힌 사도세자 불멸의 궤적으로 읽고 있다

- 시집 『울음소리가 희망이다』(2005)

육촌 형님이 주신 땔감이 놀랍게도 우리 집안의 종가인 두랭이 댁 큰댁에서 온 뒤주였다. 내 아이들의 고조할아버지가 느티나무를 베어다 짜셨다는 뒤주, 차마 어른들 생각에 버릴 수가 없었다는 뒤주가 땔감으로 사라지는 시대에 온갖 감회가 새로웠다. 나도 차마 어른들 손때가 묻은 뒤주를 부수어 땔감으로 사용할 수는 없어서 광주문화원에 기증하고 나서 시원섭섭하다는 말로 위안을 삼았다. '통덕랑공' 문중의 큰 집안인 큰댁은 형님과 장조카가 별세하신 후 외로운 고택으로 변신했다. 마을에서도 통덕랑공 문중 하면 가장 우애 있고 품위 있는 집안이었다고 하시던 시어머님도 홀로 되신 황새울 형님도 고만고만한 연세로 황천길 동무하시듯 하늘길에 오르셨다. 어른들 손때 묻은 뒤주 한 궤만 문화원 박물관에서 빛 보는 날을 기다리고 있으리라.

큰댁 형님

큰댁 형님이 돌아가셨다

늙은 며느리가 울고 맏상주 장손이/ 문상객을 맞는 장례식장 영정 아래서/ 건(巾) 쓴 통덕랑공과 상주들에 섞여/ 나도 허리 굽혀 절을 올린다

한 가문의 뼈대를 세우느라/ 궂은일 좋은 일 같이 나눈 집안들이/ 황천으로 향하는 이승의 경계에서/ 제각각의 상념으로 곡哭을 받으시는/ 구십 년 생애를 놓으신 형님

난리 통에 지아비 잃고 아들 먼저 앞세운 슬픔에도/ 대문 앞 산수유
나무 해마다/ 笑門萬福來 만개한 향을 걸어 놓아/ 온 마을이 잠기더니
/ 사흘 밤낮 벗어 놓은 신발 숫자처럼/ 꿋발 터진 꽃자리에 슬픔보다
더 환한/ 산수유 노란 꽃들을 겹겹 피우시며/ 두랭이댁 문패를 이름으
로 달았던/ 대문을 돌아 불원

하늘 길을 가시는 큰댁 형님

- 시집 『울음소리가 희망이다』(2014)

발전을 명목으로 집성촌이 퇴락한 마을은 도시 못잖은 불신과
자본의 위세에 점점 원주민들의 자부심과 위계질서가 사라져 간
다. 곤지암천으로 흐르는 개울에 보를 막고 젖줄처럼 물을 대던 광
심리 너른 논의 평야, 개구리 울음이 들끓고 키다리 황새가 외발로
서서 먹이를 노리는 그림 같던 정경은 어디로 사라졌을까. 절대농
지로 못 박은 그 많던 논이 한 마지기도 없이 붉은 흙으로 메워진
현장에서 아득한 절망감과 괴리감을 느꼈을 때 나는 한 마을의 아
름다운 전통과 가문의 영화가 끝났다는 참담함에 서글픔과 분노까
지 함께 느꼈다. 이 수백 년의 유래가 수십 년 사이에 추풍낙엽처
럼 사라진다. 먼 후일 조상님을 어찌 뵐지 걱정스럽다.

오랑캐꽃

작고하신 시댁 육촌 형님 생존해 계실 때 들은 이야기다. 오랜 내력을 지닌 가문의 큰집 형님이셔서 집안 대소사에 형님의 위상과 결정권은 존중받아 마땅했다. 맞선을 본 후 시부모님 찾아뵙는 자리에 그 형님이 오셨다. "작은댁 아저씨가 인복이 많아서 이런 동서가 서방님 배필로 찾아왔는가 보네요. 동서, 나는 이 집안 큰댁 형님이여, 이제 우리 집안 식구니까 자손들 많이 낳는 게 동서 임무여." 내 손을 잡는 형님은 시어머님 또래의 연세셨다.

내가 이 문중 남편과 결혼할 당시인 1970년대 처음 뵌 시아버님은 모습으로나 연세로 봐도 시할아버님이라고 해도 되실 정도로 칠십이 넘는 어른이셨다. 중매를 서신 문중 어른이 "형님"으로 부르신 분이 시아버님이셨다. 나는 할머니나 할아버지를 뵌 적이 없이 자랐다. 그래서 시댁 마을에서 뵌 시어른들과 항렬로 부르는 문중 할아버지 할머니들이 한마을에 이토록 많으신 것도 처음 알았다.

큰댁 형님은 낙천적 성격이셨다. 통덕랑공 집안이라는 품격에 어울리는 우애로 집안을 감쌌다. 한마을에서 조상 대대로 살아오는 동안 같은 조상님이라도 파가 갈린 문중 집안마다 집안 이해에 따른 은근한 알력과 주장이 드러나기 마련이다. 직계 조상님이 조금 더 큰 벼슬을 했으면 그 집안이 차지한 문중 땅도 많았다.

문중이라도 개인의 집안의 이해득실에 따라 큰 차이가 났다. 그런 차이에서 큰댁 형님의 별칭인 '거무래댁' 은 가장 우애 있는 집안이었다. 아버님 사촌 형님이 당시로도 드문 시묘살이(부모님 별세 후에 산소에 움막을 짓고 삼 년을 기거하는 효성)로 삼 년을 기거하신 효자셨다. 살벌한 일제 강점기에 면민들이 동구 밖 느티나무 옆에 '구덕회 효자비' 를 세워 주었다.

그러나 양반마을이라고 한국전쟁 당시에 큰 피해를 본 문중도 이 마을이다. 당시 초대 경기도 지사였던 구자옥 씨가 이 마을 집안 출생이었다. 인물도 훤칠하고 모든 일에 명석한 그분은 미처 피난을 못 가고 북한군에게 납치되어 끌려가다가 처형되었다고 기록되어 있다. 북한군은 학교 선생이셨던 종손님 아버지도 우리 집안의 큰댁 형님 남편도 훈장이시던 어른도 모두 반동이란 죄명으로 지식인이면 납치해 갔다고 한다.

외독자이신 시아버님은 십여 리쯤 떨어진 생골이란 마을의 뒷산 방공호에서 몇 달을 은거하셨단다. 큰댁에 제사가 있으면 어머님을 비롯해 며느리들 후손들이 모두 모여 대청마루가 그득했다. 집안 생신 때도 아침이면 동네 어른들을 모시기 위해 며느리들이 음식을 장만하고 대접했다. 한국 사회에서 반상 제도가 사라진 지 한 세기가 넘었어도 근세까지 이어 온 양반 가문이란 자긍심이 지커온 전통, 현재도 진행형이다.

　이 마을에 생활의 터전을 잡은 터 성씨와 당시 문중의 텃세, 그에 반발하는 타성 간의 마찰은 언제나 주민들의 화두였다. 물밀듯 큰 도시에서 밀려오는 신문명의 발전은 공장을 세우고 상가를 짓고 수백 년 양반가의 풍속을 반세기도 안 되는 시기에 완전히 파경처럼 깨트리고 바꿔 놓았다. '상전벽해'나 '경천동지' 할 세상으로 탈바꿈한 세상, 외딴집의 노파가 기억하는 그 먼 옛날 정경은 동정도 부정도 아닌 평범한 현상이었다.

　오랑캐꽃*

　바람벽 묵은 거미줄에 걸린 햇살이/ 빠져나가려고 안간힘이다

　마루 끝에 마른 낙엽 한 장 팔랑거리며/ 적막을 거느린 찢어진 문풍지 사이/ 성긴 기억의 신음을 끌고 나온 할매/ 굽은 등에서 미동도 없는 봄볕이/ 그림자놀이를 하는 집

　죽은 할아비 십여 년 머슴 새경으로/ 장만한 산비탈 가파른 땅 바라보며/ 짓무른 눈매 훔치는 삼월 삼짇날

　감자밭 매던 호미 던지고/ 봄바람 따라간 과부 며느리/ 종내 무소식이 희소식이라고/ 맷돌 아래 오랑캐꽃 몇 포기 자글자글/ 햇볕에 끓고 있는 외딴집

- 시집 『바람이 해독한 세상의 연대기』(2021)

위의 시집에 해설을 실어준 정우영 선생은 오래전 풍경이 아닌 지금의 현실이 오랑캐꽃과 제비꽃 사이에 걸쳐있다고 설파한다. 같은 꽃이지만 꽃의 호명에 따라 다른 감정이 이입되는 느낌의 표현을 녹록지 않은 현실에서 본다고 했다. 봄바람 따라간 과부 며느리의 종내 무소식이 희소식이란 설정의 쓸쓸하고 씁쓸한 풍경이 짠한 설움으로 어울리는 우리네 삶의 액막이 정서라고 쓰셨다. 저자보다 더 진한 여운의 울렁임이다.

자본주의가 끼어들면서 풀어진 전통풍속에는 무한 자유가 권리란 이기로 포장되어 있다. 그 개인적 자유와 일탈을 막을 방법이 사라진 시대다. 외딴집 할매는 돌아오지 않는 집 나간 며느리가 그리우면서도 뽑아도 뽑아도 그 실뿌리에서 다시 꽃대를 밀어 올리는 지겨운 오랑캐꽃의 생존본능을 너무도 잘 알기에 할매 홀로 신음하는 봄날을 보내고 있으리라.

*제비꽃의 다른 이름

너를 두고 왔다

생이 있는 모든 존재는 결국은 죽음으로 스러지지만 죽음 앞에 모든 인간은 얼마나 평등하고 나약한 존재인가. 모든 걸 다 두고 가야 하는 길인 줄 알면서도 한 줌의 재물이라도 더 움켜쥐려 온갖 죄를 저지르는 세상의 현실은 죽음보다 더 무섭다. 어린것들이 사는 세상이라 더 두렵다. 성선설 성악설을 어느 정도는 믿던 할미가 티끌만 한 잘못도 없는 내 아기가 한순간 하늘의 아기별이 될 줄은 정말 꿈도 꾸지 못했다. 하늘이 무너졌고 신이 원망스러웠다. 비록 장애가 있는 손녀였지만 잘 키우겠다는 할미의 의지와 욕심도 다 부질없는 인간사였다.

절집 미타정사

수천 개의 방들이 모여 세운/ 사방 한 뼘 남짓한 이 작은 방이/ 한 줌 유해로 봉안된 이승의 네 집이네/ 전생을 두고 가는 영혼의 집에/ 한 가닥 위안은 자비로운 부처님이 계시다는 것/ 너를 데려간 신에게 앙심을 품던 마음도 잊고/ 부처님께 엎드려 경배를 올리는 할미/ 스

스로 부끄러워하면서/ 금빛 부처님이 묵묵히 앉아계시는 이층 누각에
/ 어린 동자승이 망자들의 방마다 문 앞을 수호하는/ 이 작은 방에 너
를 두고 사진을 두고 가네

　망자들만 모시는 집, 산 사람은 못 가는 집에/ 어린 너를 혼자 두고
가네/ 송아지 눈망울이 영혼으로 인사하네/ 사방팔방 문패 걸린 방마
다 사연 많은 귀신들이 너를 보네/ 할미 등골에 식은땀, 머릿속에는
백팔번뇌가 엉키는데/ 네가 울면 어쩌나 집에 가겠다고 무서워 울면
어쩌나/ 꼭 잠긴 문 열 수도 없어서 전화 걸 두 손도 없어서/ 혼자서는
멀고 먼 길 올 수도 없어서/ 캄캄한 하늘 너무 기막혀라 애가 타서/ 할
미의 호곡성이 하늘까지 닿은들 네가 돌아올까

　모진 게 인간이라 쓰러질 듯 넋 놓은/ 내 자식들 걱정되어 이제 집
에 가자고/ 네 엄마 먼저 등 떠밀고 아비 내보내고/ 떨어지지 않는 걸
음걸음 눈앞에서/ 가지 마, 할머니! 가지 마,할머니/ 외면하며 돌아서
네

- 시집 『아기별과 할미꽃』(2019)

　아직도 곱디고운 모습으로 가족들이 가슴으로 키우는 아기다. 1
월 10일은 아기 생일날이다. 지구별 소풍 86개월, 할미는 하루도
아기를 품에서 떼어낸 적이 없다. '열 손가락 깨물어 안 아픈 손가
락 없다' 는 속담은 어느 자식이든 손주든 혈연의 관계면 다 해당된
다. 특히 내리사랑이라고 자식보다 손주들이 더 귀하고 예쁜 것은
조손祖孫간의 인지상정이다.

　눈에 넣어도 안 아프다고 허언한 할미를 두고 손녀는 안녕 한마

디 없이 한순간 내 품을 떠났다. 할미는 이렇게 못 잊어서 부질없는 눈물 콧물로 자판을 두드리건만 이게 다 무슨 소용이랴, 할미 스스로의 위로겠지, 네가 크는 걸 상상하면서 온갖 상념으로 세월이 간다. 쏜살처럼 빠르게 흘러간다.

오늘은 제 엄마 아빠 언니와 함께 아기가 있는 절집 미타정사를 다녀왔다. 할미 생전에 이런 납골당 방문도 처음이었고 그렇게 조그만 영혼의 집도 처음 보았다. 칸칸마다 이름표를 단 사진들이 귀신으로 보이는 그곳에 어떤 정신으로 아기를 두고 나왔는지 기억하기도 힘겹다. 어여쁘고 새로운 우리 아기를 보며 서로 키우겠다고 아우성치는 귀신들의 환영식 같았다. 네가 어떻게 낯선 그곳에서 견딜까. 할미도 너를 두고 와서 너무 견디기 힘들었다.

가지 마, 가지 마, 붙잡는 아기를 내려놓고 넋 놓은 내 자식들 먼저 내보내고 모진 발걸음을 돌린 할미, 미안하고 미안하다. 할미가 잘 키우지 못하고 그곳에 맡겨놓고 정말 잘못했다. 이 무정한 할미를 네 곁으로 갈 때까지 용서하지 말거라. 언제나 할미 가슴에서 너를 키우고 다시 만날 날을, 하늘에서 건강하게 예쁘게 자라는 너를 꿈꾸며 부처님께 잘 키워달라고 부탁드리고 왔다.

아가야, 생일이니까 또 기억이 난다. 네가 태어나던 날 너는 너무도 조그만 인형 같았다. 얼굴 반쯤이 큰 눈으로 첫 울음을 터트린 너, 바비 인형 아닐까 했는데 가녀리게 우는 울음소리가 들렸다. 조그만 울음소리는 할미 애간장을 졸이게 했고 팔딱거리는 어린 가슴에 손을 얹으며 잘 키우자 다짐했었다. 병원 문턱을 안방처럼 드나들어도 잘 견디며 그토록 좋아하는 그림을 그려대더니….

할미가 배운 초등학교 교과서에 이런 글이 있었단다. 세상에서 가장 무서운 게 무엇이냐고 묻는 글이다. 그 정답이 망각이란다. 잊어버리는 일, 고통스럽던 일도 슬픈 일도 기쁜 일도 시간이 지나고 세월이 가면 가슴에서 잊힌다는 사실이 참 슬프지 않니, 그게 사람 사는 이승에서의 현실이란다. 네 생각뿐이던 날들이 가고 베갯잇이 젖던 눈물도 불면으로 힘들던 밤도 자꾸 잊힌다. 너는 이렇게 내 가슴에서 크는데 기억은 조금씩 새나가다니. 그러나 어찌 잊힐까. 네 언니를 봐도 네 사촌들을 봐도 네가 먼저 떠오른다. 아니, 보고 싶어 자주 핸드폰을 열어 네 목소리도 듣고 사진도 본다.

잘 자라겠지, 건강하게 친구들과 지내겠지, 한 번도 다녀온 사람이 없는 저세상의 허공을 향한 이 얼마나 지독한 허구의 믿음이냐. 그래도 할미는 그렇게 믿는다. 믿고 있다. 미세먼지가 천지간에 자옥한 날이다. 사람 사는 동네와 멀지 않은 곳인데도 이곳은 납골당이라는 선입견 때문일까, 적막강산이다. 물소리 바람 소리도 멈춘 산자락에 망자들의 고요한 절집이 있다. 절 입구 이승과 저승을 잇는 이 다리도 누군가가 세상을 떠난 망자를 위해 놓았다는 글귀가 선연하다.

목탁을 두드리며 경전을 읊는 스님의 청아한 독경 소리가 절 안에 그윽하다. 할미 마음도 평안해진다. 어느 날 불현듯 네가 그리우면 할미가 또 오련다. 내 아가야.

마을에 600년을 사는 어른이 계신다

마을에는 근동에서 가장 연세 많으신 어른이 살고 계신다. 무려 600년이라는 나이테를 감고 계신 당산목 느티나무다. 600년이라면 보통은 우람하고 장엄한 풍채를 지닌 채 넓은 그늘을 만드는 마을의 정자나무를 떠올릴 것이다. 우리 마을 600년 어른도 큰 수난만 겪지 않았으면 광주 제일의 풍채 좋은 당산목으로 찬사를 받을 만한 느티나무다. 40여 년 전 큰 수난을 겪은 후 그나마 명줄을 연명한 것도 참 대단한 인내심과 주민들의 정성 덕분이었다.

이 느티나무가 상징하는 의미는 능성 구씨 집성촌 마을이라는 이정표였다. 조선시대 세조 임금 대에 최고의 관직인 영의정에 오르신 조상님이시다. 평생을 청렴결백한 재상으로 국가에 봉직하신 구치관(1406~1470) 공에게 임금이 충렬忠烈이라는 시호를 내리셨다. 공은 돌아가신 부모님 산소를 이 마을에 모시면서 동구 밖에 느티나무를 심었다.

당대에 임금 아래 최고의 권력을 쥔 영의정이었으나 관직을 그만둔 후 67세에 돌아가신 공의 집안에는 장례를 모실 양식이나 피류이 전무했다. 조정에서는 3일간 조례 정무를 금하고 장례에 필요한 모든 물품을 하사했다. 그리고 사후에 조정 대신들이 청백리 재상으로 천거하면서 불천지위不遷之位에 오르셨다. 공의 후손이 대를 잇는 한 대대로 제사를 모시도록 나라에서 공의 산소에서 보이는 산과 마을 전체를 사패지로 지정했다. 대략 백만 평 정도의 산이 낀 땅이었다니 앞산도 뒷산도 옆 산도 모두 이 마을 집성촌의 산이었고 논밭이 모두 후손들의 터였다. 그때 공이 심은 느티나무가 마을의 영화를 내려다보며 나이테를 감은 지 600여 년, 까마득한 세월이 흐르고 흘러갔다. 집성촌 마을 열미리를 상징하는 느티나무다.

곤지암 읍내에서 양평 방향으로 십 리쯤 지나면 열미리가 나타난다. 도로변 느티나무를 지나면 안거리 마을을 비롯해 양평과 여주, 이천으로 가는 차량들이 줄을 잇는다. 그 느티나무 품은 까치가 집을 짓고, 버스가 서고, 명절이면 객지로 나간 자식들을 기다리는 부모님이 마중을 나오던 곳이다. 그 품 안에 효자비와 공덕비, 유래비까지 품고 계셨다. 차가 없던 옛날에 여름이면 멍석을 펴고 지나가는 나그네나 이웃 마을 주민들에게 양반마을의 텃세를 부리거나 막걸리 추렴을 하는 놀이터이기도 했다. 세월이 가면서 열두 아름 나무 속으로 큰 동공이 생기고 그 동공에 나뭇잎이 쌓였다.

집성촌이라는 마을이 무색할 정도로 외지 인구가 유입되고 공장이나 빌라, 상가가 온통 마을의 문중 땅을 집어삼켰다. 문중에서 그나마 전통으로 지켜오던 의례들이 발전이라는 명목으로 자꾸 허물어져 내리는 변화를 피할 길 없는 현대, 받아들여야 할 시대다.

어느 해 늦은 봄날, 버스 기사가 급히 차를 세운 도로를 큰 구렁이 한 마리가 건너고 있었다. 느티나무를 지키는 업구렁이였다. 한참을 기다린 기사와 승객들이 구렁이가 앞산이 있는 밭머리로 들어가는 것을 목격했다고 한다. 그리고 그날 나무에 원인 모를 불이 났다. 텅 빈 동공에 쌓인 낙엽으로 인해 불이 나무를 타고 위로 솟구쳤다.

주민들이 황급히 불을 껐을 때는 이미 큰 가지 중에 오른쪽 가지는 완전히 타버려 주저앉았다. 반쪽만 남은 가지가 그나마 살 수 있을지, 어르신들은 변고라고 걱정했다. 위풍당당하던 열두 아름 풍채가 하루아침에 반쪽이 된 것이다. 600년의 세월 동안 마을의 변천사를 지켜보며 묵묵히 고행을 견딘 광주시 보호수 57호 마을 당산목이 인간의 부주의로 화마를 입은 사건은 두고두고 안타깝기 짝이 없었다.

문명의 발달은 어디까지가 한계인지 아무도 모른다. 수없이 지나다니는 차량의 매연과 온 마을을 잠식한 공장과 주거시설, 그래도 새봄에 잎을 피운 노거수의 타버린 동공에 시에서 우레탄 접착제를 채워 둘레를 감싸는 작업을 했다. 또 큰 충격을 견딘 가지가 주저앉을까 가지를 받치는 지주를 여러 곳에 세우고 영양수액주사까지 놓았다. 절반으로 줄어든 노거수의 모습은 볼품없이 초라해졌어도 주민들은 느티나무 하면 으레 이 마을의 상징처럼 떠올렸다.

집성촌 문중이 떠받든 당산목에는 변화무쌍한 세월의 부침이 컸다. 외지에서 온 사람들이 의자를 차지하고 술을 마시고 고성방가를 하거나 방뇨하는 파렴치한 노인부터 쓰레기와 술병까지 뒹굴었다. 오죽하면 노거수가 경고문까지 내걸으셨을까. 의자도 치우고 철제 울타리로 최고의 어르신을 보호했다.

그러던 어느 해 마을 주민들이 예전에 어르신들이 당산나무로 모시던 고사 풍습을 재현하자는 의견이 모여지자 성대한 고사를 지내게 됐다. 600여 년 수령의 노거수에 대한 예의였다. 시장과 관내 유명 인사들이 참석하고, 한마을 주민들이 일심동체로 모시는 제례를 보고 느티나무를 신성시하는 주민들이 늘어 느티나무는 다시 열미리의 상징적 어르신이 되었다.

노거수의 경고문

까마득한 육백 년 풍찬노숙의 세월을 사시느라/ 열두 아름 몸피가 반쪽이 되셨지만/ 시市에서 57호 보호수로 명명되신 느티나무/ 첩첩산중 이 마을에 청백리 조상님이/ 부모님 산소 모시고 심었다는/ 내력을 휘감고 계신 그 그늘에/ 이정표 효자비 공덕비 전설을 담은 유래비와/ 까치집 개미집 구렁이 집까지 품으셔서/ 혹여 부러질까 받침목 고이고 영양제 놓고/ 그물 울타리에 긴 의자까지 놔드린/ 그만하면 동방삭이 부럽지 않은 노후라고/ 날 받아 고유제 올려드린 노거수 할아버지가

-경고- / 벌열미 주민들이 고유제를 올리는 당산나무이신 느티나무 아래서/ 술 마시고 고성방가 하지 말 것/ 특히 나무에 노상방뇨하거나 담배꽁초/ 쓰레기를 버리면 엄중 고발조치함/ -이장 및 주민 일동-

참다못해 펼치신 두루마리 경고문을 무시하고/ 세월아 네월아 이 마을로 흘러든 주당들과 어울려/ 막걸리에 절어 살던 안씨 마누라를/ 하룻밤 사이에 북망산 남편 곁으로 모셔간/ 겁나게 용한 신목님/ 만수무강하옵소서

- 시집 『바람이 해독한 세상의 연대기』(2021)

그곳에 그리움이 있었다

초판 인쇄 ㅣ 2024년 2월 26일
초판 발행 ㅣ 2024년 3월 01일

지은이 ㅣ 허정분
펴낸이 ㅣ 신중현
펴낸곳 ㅣ 도서출판학이사

　　　출판등록 : 제25100-2005-28호
　　　주소 : 대구광역시 달서구 문화회관11안길 22-1(장동)
　　　전화 : (053) 554~3431, 3432
　　　팩스 : (053) 554~3433
　　　홈페이지 : http:// www.학이사.kr
　　　전자우편 : hes3431@naver.com

ISBN _ 979-11-5854-487-4　03810